不著編人

草堂詩餘

中國書店

詳校官主事臣石鴻翥

臣紀昀覆勘

欽定四庫全書　　　　集部十

草堂詩餘　　　　詞曲類　詞選之屬

提要

臣等謹案草堂詩餘四卷不著撰人名氏舊傳南宋人所編考其中徵引諸書有黄昇花菴詞選周密絶妙好詞昇理宗淳祐中人密度宗咸淳末人則此書亦在宋元間矣詞家小令中調長調之分自此書始後来詞

譜依其字數以為定式未免稍拘故為萬樹詞律所譏然填詞家終不廢其名則亦倚聲之格律也朱彛尊作詞綜稱草堂選詞可謂無目其詬之甚至今觀所録雖未免雜而不純不及花間諸集之精善然利鈍互陳瑕瑜不掩名章俊句亦錯出其間一槩詆排未為公論且諸詞之後多附以當時詞話亦足以啟發後來未可廢也此本為明上海顧從敬

所刊前有嘉靖庚戌何良俊序稱為其家藏宋刻較世所行本多七十餘調云乾隆四十九年十月恭校上

總纂官臣紀昀臣陸錫熊臣孫士毅

總校官臣陸費墀

草堂詩餘序

顧予汝所刻草堂詩餘成問序於東海何良俊何良俊曰夫詩餘者古樂府之流別而後世歌曲之濫觴也爰自上古鴻荒之世禮教未興而樂音已具蓋樂者由人心生者也方其淳和未散下有元聲則凡里巷歌謡之辭不假綴削而自應宮徵即成周列國之風皆可被之管絃是也迨周政迹熄繼以强秦暴悍由是詩亡而樂闕漢興郊祀房中之外別有鐃歌辭如雉子班朱鷺芳

樹臨高臺等篇其他蘇李雖創為五言詩當時非無繼作者然不聞領於樂官則樂與詩分為二明矣魏晉以來曹子建怨歌行七解為晉曲所奏他如橫吹相和平調清調清商楚調諸曲六朝並用之陳隋作者猶擬樂府歌辭體物緣情屬詠雖工聲律乖矣唐太宗以文教開國又玄宗與寧王輩皆審音海内清宴歌曲繁興一時如李太白清平調王維鬱輪袍及王昌齡王之渙諸人畧占小詞率為伎人傳習可謂極盛迨天寶末民多

怨思遂無復貞觀開元之舊矣宋初因李太白憶秦娥菩薩蠻二辭以漸創製至周待制領太晟府樂比切聲調十二律各有篇目柳屯田加增至二百餘調一時文士復相擬作而詩餘為極盛然作者既多中間不無昧於音節如蘇長公者人猶以鐵綽板唱大江東去譏之他復何言耶由是詩餘復不行而金元人始為歌曲蓋北人之曲以九宫統之九宫之外别有道宫高平般涉三調總一十二調南人之歌亦有南九宫然南歌或多

與絲竹不叶豈所謂上氣偏詖鍾律不得調平者耶總而襲之則詩亡而後有樂府樂府闕而後有詩餘詩餘廢而後有歌曲大抵創自盛朝廢於叔世元聲在則為法省而易諧人氣乖則用法嚴而難叶茲蓋其興革之大較也然樂府以皦逕揚厲為工詩餘以婉麗流暢為美即草堂詩餘所載如周清真張子野秦少游晁叔原諸人之作柔情曼聲摹寫殆盡正辭家所謂當行所謂本色者也第恐曹劉不肯為之耳假使曹劉降格為之

又詎必能遠過之耶是以後人即其舊詞稍加隱栝便成名曲至今歌之猶聳心動聽嗚呼是可不謂工哉余家有宋人詩餘六十餘種求其精絶者要皆不出此編矣顧子上海名家家富詩書代傳禮樂尊公東川先生博物洽聞著稱朝列諸子清修好學綽有門風故伯叔並以能書供奉清朝仲季將漸以賢科起矣是編乃其家藏宋刻本比世所行本多七十餘調是不可以不傳今聖天子建中興之治文章之盛幾與兩漢同風獨聲

律之學識者不無歉焉然是編於聲律家其可少哉他日天朔昌運篤生異人為聖天子制功成之樂上採元聲下採衆說是編或大有裨焉覽者勿謂其文句之工但足以備歌曲之用為賓燕之娛耳也嘉靖庚戌七月既望東海何良俊撰

草堂詩餘卷一

小令

搗練子

秋閨　　秦少游

心耿耿淚雙雙皓月清風冷透窓人去秋來宮漏永夜深無語對銀釭

憶王孫

春景　秦少游

萋萋芳草憶王孫柳外樓高空斷魂杜宇聲聲不忍聞欲黄昏雨打梨花空掩門

夏景　周美成

風蒲獵獵小池塘過雨荷花滿院香沉李浮瓜冰雪涼竹方牀針線慵拈午夢長

冬景　六一居士

同雲風掃雪初晴天外孤鴻三兩聲獨擁寒衾不忍聽

月籠明窓外梅花影瘦橫

如夢令

春景　秦少游

門外綠陰千頃兩兩黃鸝相應睡起不勝情行到碧梧金井人靜人靜風弄一枝花影

春景　秦少游

鶯嘴啄花紅溜燕尾點波綠皺指冷玉笙寒吹徹小梅春透依舊依舊人與綠楊俱瘦

春晚　　周美成

池上春歸何處滿目殘花飛絮孤館悄無人夢斷月堤
歸路無緒無緒簾外五更風雨

春晚　　周美成

花落鶯啼春暮陌上綠楊飛絮金鴨晚香寒人在洞房
深處無語無語葉上數聲疎雨

春晚　　李易安

昨夜雨疎風驟濃睡不消殘酒試問捲簾人却道海棠

依舊知否知否應是綠肥紅瘦

苕溪漁隱云近時婦人能文詞如趙明誠之妻李易安頗有佳句如云綠肥紅瘦此語甚新又九日詞簾捲西風人似黄花瘦此言亦婦人所難得也至如離別詞雲自飄零水自流則神韻更絶矣

春恨　晏叔原

樓外殘陽紅滿春入柳條將半桃李不禁風回首落英無限腸斷腸斷人共楚天俱遠

冬景　秦少游

冬夜月明如水風緊驛亭深閉夢破鼠窺燈霜送曉寒
侵被無寐無寐門外馬嘶人起

長相思

春閨　馮延巳

紅滿枝綠滿枝宿雨厭厭睡起遲閒庭花影移　憶歸
期數歸期夢見雖多相見稀相逢知幾時

秋怨　李後主

一重山兩重山山遠天高烟水寒相思楓葉丹　菊花

開菊花殘塞鴈高飛人未還一簾風月閒

秋懷　黃叔暘

天悠悠水悠悠月印金樞曉未收笛聲人倚樓　蘆花秋蓼花秋催得吳霜點鬢稠香箋莫寄愁

錢塘　白居易

汴水流泗水流流到瓜州古渡頭吴山點點愁　思悠悠恨悠悠恨到歸時方始休月明人倚樓

花菴詞選云居易此詞上四句皆說錢塘景并載長相思一闋云深畫眉淺畫眉蟬鬢鬅鬙雲

滿衣陽臺行雨迴巫山高巫山低暮雨蕭蕭郎不歸空房獨守時蓋詠閨怨也此二詞非後世作者所及

山驛 万俟雅言

短長亭古今情樓外涼蟾一暈生雨餘秋更清 暮雲平暮山横幾葉秋聲和鴈聲行人不要聽

玉林詞客云雅言之詞詞聖者也發妙音於律吕之中運巧思於斧鑿之外工而平和而雅比諸刻琢句意而求精麗者豈不遠哉

生查子

春恨　晏叔原

金鞍美少年去躍青驄馬牽繫玉樓人翠被春寒夜

消息未歸來寒食花花謝無處說相思背面鞦韆下

詠箏　張子野

含羞整翠鬟得意頻相顧鴈柱十三絃一一春鶯語

嬌雲容易飛夢斷知何處深院鎖黄昏陣陣芭蕉雨

點絳唇

春暮　賀方回

紅杏飄香柳含烟翠施金縷水邊朱戶門掩黃昏雨

燭影搖紅一枕傷春緒歸不去鳳樓何處芳草迷歸路

春閨　何籀

春雨濛濛淡烟深鎖垂楊院暖風輕扇落盡桃花片

薄倖不來前事思量遍無由見淚痕如線界破殘妝面

春閨　何籀

鶯踏花飜亂紅堆徑無人掃杜鵑來了梅子枝頭小

撥盡琵琶總是相思調知音少暗傷懷抱門掩青春老

秋閨　汪彥章

高柳蟬嘶採菱歌斷秋風起晚雲如髻湖上山橫翠

簾捲西樓過雨涼生袂天如水畫樓十二有箇人同倚

花庵云此詞畫樓十二有箇人同倚之句曲盡閨情

冬景

新月娟娟夜寒江靜山銜斗起來搔首梅影橫牕瘦

好箇霜天閒却傳杯手君知否亂鴉啼後歸興濃如酒

詠草　林君復

金谷年年亂生春樹誰為主餘花落處滿地和烟雨
又是離歌一闋長亭暮王孫去萋萋無數南北東西路

詩話總龜云林和靖不特工於詩尤工於詞如作點絳脣乃詠草耳終篇不出一草字

浣溪沙 一名山花子

春景　周美成

水漲魚天拍柳橋雲拖鳩雨過江皐一番春信入東郊
閑碾鳳團消短夢靜看燕子壘新巢又移日影上花梢

春景　歐陽永叔

小院閒牕春色深重簾未捲影沈沈倚樓無語理瑤琴
遠岫出雲催薄暮細風吹雨弄輕陰梨花欲謝恐難禁

春暮　周美成

樓上晴天碧四垂樓前芳草接天涯勸君莫上最高梯
新筍看成堂下竹落花都上燕巢泥忍聽林表杜鵑啼

晚景　賀方回

鶯外紅銷一縷霞淡黃楊柳帶棲鴉玉人和月折梅花

笑撚粉香歸繡户半垂羅幕護窗紗東風寒似夜來

些

漁隱叢話云詞欲全篇好極難得如賀方回淡黃楊柳帶棲鴉秦處度藕葉清香勝花氣二句寫景詠物造微入妙其全篇則不逮此也

春遊　歐陽永叔

湖上朱橋響畫輪溶溶春水浸春雲碧琉璃滑淨無塵

當路遊絲縈醉客隔花啼鳥喚行人日斜歸去奈何春

春懷

雨過殘紅濕未飛珠簾一帶透斜暉遊蜂釀蜜竊香歸金屋無人風竹亂夜篝盡日水沈微一春須有憶人時

春恨　李景

手捲真珠上玉鉤依前春恨鎖重樓風裏落花誰是主

思悠悠　青鳥不傳雲外信丁香空結雨中愁回首綠波三峽暮接天流

温叟詩話李景曲手捲真珠上玉鉤或改為珠簾舒信道有曲云十年馬上春如夢或改云如春夢誠非所謂知音

春恨　李景

風壓輕雲貼水飛乍晴池館燕爭泥沈郎多病不勝衣沙上未聞鴻鴈信竹間時有鷓鴣啼此情惟有落花知

春恨　李景

一曲新詞酒一盃去年天氣舊亭臺夕陽西下幾時回無可奈何花落去似曾相識燕歸來小園香徑獨徘徊

漁隱叢話晏元獻公赴杭州道過維揚憩大明寺瞑目徐行使侍吏誦壁間詩板戒其勿言爵里姓名終篇者無幾又俾別誦一詩云水調隋宮曲當年亦九成哀音已亡國廢沼尚留名儀鳳終陳迹鳴蛙只廢聲淒涼不可問落日下蕪城徐問之江都尉王琪詩也召至同飲又同步遊池上春晚已有落花晏云每得句書墻壁間或彌年未嘗強對且如無可奈何花落去至今

未能也王應聲曰似曾相識燕歸來自此辟置館職

春閨　秦少游

青杏園林煑酒香佳人初試薄羅裳柳絲搖曳燕飛忙乍雨乍晴花易老閒愁閒悶日偏長爲誰消瘦減容光

春閨　張子野

樓倚江邊百尺高暮煙收處見歸橈幾時期信似春潮花片片飛風弄蝶柳陰陰下水平橋日長人去又令

宵

春閨　張子野

錦帳重重捲暮霞屏風曲曲鬬紅牙恨人何事苦離家

枕上夢魂飛不去覺來紅日又西斜滿庭芳草襯殘

花

春閨　張子野

水滿池塘花滿枝亂香深裏語黃鸝東風輕軟弄簾幃

日正長時春夢短燕交飛處柳烟低玉窻紅子鬬棊

時

夏景　周美成

日射欹紅蠟蔕香風乾微汗粉襟涼碧紗對捲簟紋光自剪柳枝明畫閣戲抛蓮菂種横塘長亭無事好思量

夏景　周美成

翠葆參差竹徑成新荷跳雨淚珠傾曲欄斜轉小池亭風約簾衣歸燕急水搖扇影戲魚驚柳梢殘日弄微

晴

秋思　　李後主

菡萏香消翠葉殘西風愁起綠波間還與韶光共憔悴不堪看　細雨夢回雞塞遠小樓吹徹玉笙寒多少淚珠何限恨倚欄杆

雪浪齋日記云荆公問山谷云作小詞曾看李後主詞否云曾看荆公曰何處最好山谷以一江春水向東流為對荆公曰未若細雨夢回雞塞遠小樓吹徹玉笙寒又細雨濕流光最好又南唐詞集云馮延巳作謁金門風乍起李後主云吹皺一池春水干卿何事對曰未若陛下小樓

吹徹玉笙寒也

漁父　黃魯直

新婦磯頭眉黛愁女兒浦口眼波秋驚魚錯認月沉鈎青箬笠前無限事綠蓑衣底一時休斜風細雨轉船頭

東坡云黃魯直作此詞清妍婉麗閒其得意自以水光山色替却玉肌花貌此乃真得漁父家風也然纔出新婦磯又入女兒浦此漁父無乃太瀾浪也

詠酒　歐陽永叔

堤上遊人逐畫船拍堤春水四垂天綠楊樓外出鞦韆

白髮戴花君莫笑六么催拍盞頻傳人生何處似樽

前

侯鯖録云歐陽永叔浣溪沙云堤上遊人逐畫船拍堤春水四垂天綠楊樓外出鞦韆此等語要皆絶妙只一出字是後人著意道不到處黄魯直云東坡居士曲世所見者幾百首或謂於音律小不諧此詞横放傑出自是曲子中縛不住者

菩薩蠻

一名重疊金一名子夜歌又與醉公子相近

春閨　何籀

南園滿地堆輕絮愁聞一霎清明雨雨後却斜陽杏花零落香　無言勾睡臉枕上屏山掩時節欲黄昏無聊獨倚門

閨情　李太白

平林漠漠烟如織寒山一帶傷心碧暝色入高樓有人樓上愁　欄干空佇立宿鳥歸飛急何處是歸程長亭更短亭

玉林云太白此詞允為百代詞之祖也

秋閨　　秦少游

螢聲泣露驚秋枕羅幃濅濕鴛鴦錦獨卧玉肌凉殘更與恨長　陰風翻翠幌雨澁燈花暗畢竟不成眠鵶啼金井寒

秋閨

金風簌簌驚黄葉高樓影轉銀蟾匝夢斷繡簾垂月明烏鵲飛　新愁知幾許却似絲千縷鴈已不堪聞砧聲何處村

冬景　　黄叔暘

南山未解松梢雪西山已掛梅梢月説似玉林人人間無此清　此身元是客小住娱今夕拍手凭欄干霜風吹鬢寒

離别　　孫巨源

樓頭尚有三通鼓何須抵死催人去上馬苦匆匆琵琶曲未終　回頭凝望處那更廉纖雨謾道玉爲堂玉堂今夜長

玉林云孫公於元豐間爲翰苑與李端愿太尉往來尤數會一日鎖院宣召者至其家則出數十輩蹤跡得之於李氏時李新納妾能琵琶公飲不肯去而迫於宣命入院幾二鼓矣遂草三制罷復作此長短句以記別恨遲明遣以示李

詠箏

張子野

哀箏一弄湘江曲聲聲寫盡湘波綠纖指十三絃細將幽恨傳　當筵秋水慢玉柱斜飛鴈彈到斷腸詩春山眉黛低

訴衷情

寒食　　僧仲殊

湧金門外小瀛州寒食更風流紅船滿湖歌吹花外有高樓　晴日暖淡烟浮恣嬉遊三千粉黛十二闌干一片雲頭

玉林詞選云仲殊之詞多矣佳者固不少而小令為最小令之中訴衷情一調又其最蓋篇篇奇麗字字清婉高處不減唐人風致也

醜奴兒令 一名羅敷令一名採桑子

秋怨　　李後主

轆轤金井梧桐晚幾樹驚秋晝雨和愁百尺蝦鬚上玉鈎　瓊牕春斷雙娥皺回首邊頭欲寄鱗遊九曲寒波不泝流

詠雪　康伯可

馮夷剪碎澄溪練飛下同雲著地無痕柳絮梅花處處春　山陰此夜明如晝月滿前村莫掩溪門恐有扁舟乘興人

花庵詞客云順庵作此詞促養直赴雪夜溪堂之約　一本澄溪作澄江飛下同雲作吹下紛

紛柳絮梅花處處春作柳絮楊花觸處春既用柳絮又用楊花是闔門閉戶掩柴扉也月滿前村作月破黃昏既曰此夜又破黃昏意亦重複

卜筭子 平韻即巫山一段雲

春恨　秦處度

春透水波明，寒峭花枝瘦。極目煙中百尺樓，人在樓中否。

四和裊金鳧，雙陸思纖手。擬倩東風浣此情，情更濃如酒。

春愁　徐師川

罥中千種愁掛在斜陽樹綠葉陰陰自得春草滿鶯啼處不見凌波步空想如簧語門外重重疊疊山遮不斷愁來路

送春　僧皎如晦

有意送春歸無計留春住畢竟年年用著來何似休歸去　目斷楚天遙不見春歸路風急桃花也似愁點點飛紅雨

孤鴻　蘇子瞻

缺月掛疎桐漏斷人初靜時見幽人獨往來縹緲孤鴻影　驚起却回頭有恨無人省揀盡寒枝不肯棲楓落吴江冷

山谷云東坡道人在黄州作此詞語意高妙似非喫烟火人語自非胷中有萬卷書筆下無一點塵俗氣孰能至此　苕溪漁隱曰揀盡寒枝不肯棲之句或云鴻鴈未甞棲宿樹枝惟在田野葦叢間或改作寒蘆亦是但此詞本詠夜景耳至換頭但只說鴻正如賀新郎詞乳燕飛華屋本詠夏景至換頭只說榴花蓋作文之法語意到處即為之不可限以繩墨　鮦陽居士云缺月刺明微也漏斷暗時也幽人不得志也獨往來無助也驚鴻賢人不安也回頭愛君不忘

也無人省君不察也揀盡寒枝不肯棲不偷安高位也寂寞吳江冷非所安也此詞與考槃詩極相似也

好事近

初夏　　蔣子雲

葉暗乳鵶啼風定老紅猶落蝴蝶不隨春去入薰風池閣休歌金縷勸金卮酒病煞如昨簾捲日長人静任楊花飄泊

憶秦娥一名秦樓月

春思　康伯可

春寂寞長安古道東風惡東風惡臙脂滿地杏花零落
臂銷不柰黃金約天寒尚怯春衫薄春衫薄不禁揾
淚爲君彈却

閨情　孫夫人

花深深一鉤羅襪行花陰行花陰閒將柳帶試結同心
耳邊消息空沈沈畫眉樓上愁登臨愁登臨海棠開
後望到如今

秋思　　李太白

簫聲咽秦娥夢斷秦樓月秦樓月年年柳色灞陵傷別
樂遊原上清秋節咸陽古道音塵絶音塵絶西風殘
照漢家陵闕

花庵詞客云太白此詞及菩薩蠻二詞為百代詞之祖也

詠雪　　張安國

雲垂幕陰風慘淡天花落天花落千林瓊玖滿空鸞鶴
征車渺渺穿華薄路迷迷路增離索增離索楚溪山

水碧湘樓閣

佳人　　周美成

香馥馥樽前有個人如玉人如玉翠翹金鳳内家妝束

嬌羞愛把眉兒蹙逢人只唱相思曲相思曲一聲聲

是怨紅愁緑

謁金門

春思　　俞克成

愁脉脉目斷江南江北煙樹重重芳信隔小樓山幾尺

細草孤雲斜日一向弄晴天色簾外落花飛不得東
風無氣力

春恨　秦處度

鴛鴦浦春漲一江花雨隔岸數聲初過櫓晚風生碧樹
舟子相呼相語載取暮愁歸去寒食江村芳草路愁
來無著處

春恨　韋莊

空相憶無計與傳消息天上嫦娥人不識寄書何處覓

春睡覺來無力不忍把伊書跡滿院落花春寂寂斷
腸芳草碧

阮郎歸

春景　李後主

東風吹水日銜山春來長是閒落花狼藉酒闌珊笙歌
醉夢間　春睡覺晚妝殘無人整翠鬟留連光景惜朱
顏黄昏獨倚闌

春景　歐陽永叔

南園春半踏青時風和聞馬嘶青梅如豆柳如眉日長蝴蝶飛　花露重草烟低人間簾幙垂秋千慵困解羅衣畫梁雙燕棲

春閨　秦少游

春風吹雨遶殘枝落花無可飛小池寒緑欲生漪雨晴還日西　簾半垂燕雙歸諱愁無奈眉翻身整頓著殘棋沉吟應劫遲

春恨　蘇養直

西園風暖落花時綠陰鶯亂啼倚欄無語惜芳菲絮飛
蝴蝶飛　緣底事減腰圍遣愁愁著眉波連春渚暮天
垂燕歸人未歸

初夏　蘇東坡

綠槐高柳咽新蟬薰風初入絃碧紗牕下水沈烟棋聲
驚晝眠　微雨過小荷飜榴花開欲燃玉盆纖手弄清
泉瓊珠碎又圓

初夏　曾純甫

柳陰庭館占風光呢喃清晝長碧波新漲小池塘雙雙蹴水忙　萍散漫絮飄揚輕盈體態狂為憐流去落紅香銜將歸畫梁

絕妙詞選云上兆初夏公侍宴池上有雙飛新燕掠水而去得旨賦之

旅況　秦少游

湘天風雨破寒初燈殘庭院虛麗譙吹徹小單于迢迢清夜徂　人意遠旅情孤崢嶸歲又除衡陽猶有鴈傳書郴陽和鴈無

詠茶　　黄山谷

歌停檀板舞停鸞高陽飲興闌獸烟噴盡玉壺乾香分小鳳團　雲浪淺露珠圓捧甌春筍寒絳紗籠下躍金鞍歸時人倚欄

古今詞話云觀者數服此詞八句狀八景音律一同殊不散亂人爭寶之刻之琬琰挂於堂室之間也　愚觀山谷集有一曲詠煎茶亦名阮郎歸云烹茶留客駐金鞍月斜窗外山見郎容易別郎難有人愁遠山歸去後憶前歡畫屏金博山一盃春露莫留殘與郎扶玉山併附于此

畫堂春

春怨　徐師川

落紅鋪徑水平池弄晴小雨霏霏杏花憔悴杜鵑啼無奈春歸　柳外畫樓獨上凭欄手撚花枝放花無語對斜暉此恨誰知

春怨　秦少游

東風吹柳日初長雨餘芳草斜陽杏花零落燕泥香睡損紅妝　香篆暗消鸞鳳畫屏縈遶瀟湘暮寒輕透薄羅裳無限思量

古今詞話少游畫堂春雨餘芳草斜陽杏花零落燕泥香之句善於狀景物至於香篆暗消鸞鳳畫屏縈遶瀟湘二句便含蓄無限思量意思此其有感而作也

武陵春

春晚　李易安

風住塵香花已盡日晚倦梳頭物是人非事事休欲語淚先流　聞說雙谿春尚好也擬泛輕舟只恐雙谿舴艋舟載不動許多愁

青衫濕

感舊　吳彥高

南朝千古傷心地還唱後庭花舊時王謝堂前燕子飛入人家　恍然相遇天姿勝雪宮鬢堆鴉江州司馬青衫淚濕同是天涯

西江月

春日　柳耆卿

鳳額繡簾高捲獸環朱戶頻搖兩竿紅日上花梢春睡厭厭難覺　好夢狂隨飛絮閒愁濃勝香醪不成雨暮

與雲朝又是韶光過了

春夜　　　　　　　　　　　　　　　　蘇東坡

照野瀰瀰淺浪橫空曖曖微霄障泥未解玉驄驕我欲醉眠芳草　可惜一溪明月莫教踏碎瓊瑶解鞍欹枕綠楊橋杜宇數聲春曉

重陽

點點樓前細雨重重江外平湖當年戲馬會東徐今日淒涼南浦　莫恨黄花未吐且教江粉相扶酒闌不必

看茱萸俯仰人間今古

警悟　朱希真

世事短如春夢人情薄似浮雲不須計較苦勞心萬事元來有命　幸遇三盃酒美況逢一朵花新片時歡笑相親明日陰晴未定

黄玉林云希真又有一闋云日日深盃酒滿朝朝小圃花開自歌自舞自開懷且喜無拘無礙青史幾番春夢紅塵多少奇才不須計較與安排領取而今見在此二詞辭淺意深可以警世之役役於非望之福者

勸酒 黃山谷

斷送一生惟有破除萬事無過遠山橫黛蘸秋波不飲傍人笑我 花病等閒瘦弱春愁沒處遮攔盃行到手莫留殘不道月斜人散

后山詩話云此詞用韓文公遠與詩斷送一生惟有酒又贈鄭兵曹詩破除萬事無過酒才去一字遂為功對而語益峻又云盃行到手莫留殘不道月斜人散謂思相離之憂則不得不盡歆俗一改為留連遂使兩句文義相失故併論之

梅花 蘇子瞻

玉骨那愁瘴霧冰肌自有僊風海仙時遣探芳叢倒掛綠毛么鳳 素面翻嫌粉涴洗妝不褪唇紅高情已逐曉雲空不與梨花同夢

冷齋夜話東坡在惠州作梅花詞時侍兒名朝雲者新亡其寓意蓋為朝雲作也 苕溪漁隱王直方詩話載晁以道云說之初見東坡之詞便知道此老須過海只為古今人不曾道到此須罸敎去此言鄙俚近於忌人之長幸人之禍直方無識載之詩話寧不思人之識誚乎

桃源憶故人

春閨 秦少游

碧紗影弄東風曉一夜海棠開了枝上數聲啼鳥淚點知多少 妬雲恨雨腰肢裊眉黛不堪重掃薄倖不來春老羞帶宜男草

冬景 秦少游

玉樓深鎖薄情種清夜悠悠誰共羞見枕衾鴛鳳悶則和衣擁 無端畫角嚴城動驚破一番新夢牕外月華霜重聽徹梅花弄

探春令

春恨　　晏叔原

綠楊枝上曉鶯啼報融和天氣被數聲吹入紗窻裏又驚起嬌娥睡　綠雲斜嚲金釵墜惹芳心如醉為少年濕了鮫綃帕上都是相思淚

少年遊

冬景　　周美成

并刀如水吳鹽勝雪纖手破新橙錦幄初溫獸烟不斷相對坐調笙　低聲問向誰行宿城上已三更馬滑霜

濃不如休去直自少人行

曉行　林少瞻

霽霞散曉月猶明踈木掛殘星山逕人稀翠蘿深處啼鳥兩三聲　霜華重逼雲裘冷心共馬蹄輕十里青山一溪流水都做許多情

青門引

懷舊　張子野

乍暖還輕冷風雨晚來方定庭軒寂寞近清明殘花中

酒又是去年病　樓頭畫角風吹醒入夜重門靜那堪
更被明月隔牆送過鞦韆影

醉花陰

重陽　　李易安

薄霧濃雲愁永晝瑞腦噴金獸佳節又重陽寶枕紗厨
半夜秋初透　東籬把酒黃昏後有暗香盈袖莫道不
銷魂簾捲西風人似黃花瘦

南柯子即南歌子

端午　蘇子瞻

山與歌眉斂波同翠眼流遊人都上十三樓不羨竹西歌吹古揚州　菰黍連昌歜瓊彝倒玉舟誰家水調唱歌頭聲遶碧山飛去晚雲留

秋日　僧仲殊

十里青山遠潮平路帶沙數聲啼鳥怨年華又是淒涼時候在天涯　白露收殘月清風散曉霞緑楊堤畔鬧荷花記得年時沽酒那人家

怨王孫

春暮　李易安

夢斷漏悄愁濃酒惱寶枕生寒翠屏向曉門外誰掃殘
紅夜來風　玉簫聲斷人何處春又去忍把歸期負此
情此恨此際擬託行雲問東君

春暮　李易安

帝里春晚重門深院草綠堦前暮天鴈斷樓上遠信誰
傳恨綿綿　多情自是多沾惹難拚捨又是寒食也鞦

轣巷陌人靜皎月初斜浸梨花

鷓鴣天

上元　向伯恭

紫禁烟花一萬重鼇山宫闕隱晴空玉皇端拱彤雲上人物嬉遊陸海中　星轉斗駕回龍五侯池館醉春風而今白髮三千丈愁對寒燈數點紅

春行即事　辛幼安

著意尋春懶便回何如信步兩三盃山纔好處行還倦

詩未成時雨早催　攜竹杖更芒鞋朱朱粉粉野蒿開誰家寒食歸寧女笑語柔桑陌上來

春閨　秦少游

枝上流鶯和淚聞新啼痕間舊啼痕一春魚鳥無消息千里關山勞夢魂　無一語對芳樽安排腸斷到黃昏甫能炙得燈兒了雨打梨花深閉門

古今詩話此詞形容愁怨之意最工如後疊甫能炙得燈兒了雨打梨花深閉門頗有言外之意

秋意　辛幼安

枕簟溪堂冷欲秋斷雲依水晚來收紅蓮相倚深如怨
白鳥無言定自愁　書咄咄且休休一丘一壑也風流
不知筋力衰多少但覺新來懶上樓

重陽　黃山谷

黃菊枝頭破曉寒人生莫放酒盃乾風前橫笛斜吹雨
醉裏簪花倒著冠　身健在且加飡舞裙歌板盡清歡
黃花白髮相牽挽付與時人冷眼看

除夕　　朱希眞

檢盡歷頭冬又殘愛他風雪耐他寒拖條竹杖家家酒
上箇籃輿處處山　添老大轉癡頑謝天教我老來閒
道人還了鴛鴦債紙帳梅花醉夢間

漁父　　黄魯直

西塞山邊白鷺飛桃花流水鱖魚肥朝廷尚覓玄眞子
何處如今更有詩　青箬笠緑簑衣斜風細雨不須歸
人間欲避風波險一日風波十二時

山谷自序云李如篪云玄真子漁父詞以鷓鴣天歌之極入律但少數句因以玄真子遺事足之憲宗畫像訪之江湖不得因令集其歌詩上之玄真兄松齡懼其放浪而不返和其漁父云樂在風波釣是閑草堂松桂已勝攀太湖水洞庭山狂風浪起且須還此余續成之意

詠酒　晏叔原

綵袖慇懃捧玉鍾當年拚却醉顏紅舞低楊柳樓心月歌盡桃花扇底風　從別後憶相逢幾回魂夢與君同今宵剩把銀釭照猶恐相逢是夢中

雪浪齋日記云晏叔原此詞舞低楊柳樓心月歌盡桃花扇底風此等詞語不愧六朝宮掖體

趙德麟侯鯖錄晁无咎云原叔不蹈襲人語而風調閑雅自是一家如舞低楊柳樓心月歌盡桃花扇底風自可知此人不生於三家村中也

玉樓春 一名木蘭花

立春　毛澤民

小園半夜東風轉吹皺冰池雲母面曉披閶闔見朝陽知向碧堦添幾線　小烟弄柳晴先暖殘雪禁梅香尚淺殷勤洗拂舊東君多少韶華都借看

春景　宋子京

東城漸覺風光好縠皺波紋迎客棹綠楊烟外曉雲輕紅杏枝頭春意閙　浮生長恨歡娛少肯愛千金輕一笑為君持酒勸斜陽且向花間留晚照

遯齋閑覧云張子野郎中以樂章名擅一時宋子京尚書奇其才先往見之遣將命者曰尚書欲見雲破月來花弄影郎中子野屏後呼曰得非紅杏枝頭春意鬧尚書耶遂出置酒盡歡蓋二人所舉皆其警策也古今詩話亦云子野嘗作天仙子詞云雲破月來花弄影士大夫多稱之張初謁見歐公迎謂曰好雲破月來花弄影恨相見之晚也

春景　晏同叔

緑楊芳草長亭路年少抛人容易去樓頭殘夢五更鐘花底離愁三月雨 無情不似多情苦一寸還成千萬縷天涯地角有窮時只有相思無盡處

詩眼云晏叔原見蒲傳正云先公平日小詞雖多未嘗作婦人語傳正云緑楊芳草長亭路年少抛人容易去豈非婦人語乎晏曰公謂年少為何語傳正曰豈不謂其所歡乎晏曰因公言遂曉樂天詩兩句欲留所歡待富貴富貴不來所歡去傳正笑而悟其言之失然此詞蘊意甚為高雅

寒食

謝無逸

弄晴數點梨梢雨門外畫橋寒食路杜鵑飛破草間烟
蛺蝶惹殘花底霧　東君著意憐樊素一段韶華天付
與妝成不管露桃嗔舞罷從教風柳妬

春暮

温飛卿

家臨長信往來道乳燕雙雙拂烟草油壁車輕金犢肥
流蘇帳曉春雞報　籠中嬌鳥暖猶睡簾外落花閒不
掃衰桃一樹近前池似惜容顔鏡中老

苕溪漁隱曰飛卿作此晚春曲殊有富貴佳致

春睡

歐陽炯

日照玉樓花似錦樓上醉和春色寢綠楊風送小鶯聲
殘夢不成離玉枕　堪愛晚來韶景甚寶柱秦箏方再
品青娥紅臉笑來迎又向海棠花下飲

春恨

錢思公

城上風光鶯語亂城下烟波春拍岸綠楊芳草幾時休
淚眼愁腸先已斷　情懷漸覺成衰晚鸞鏡朱顔驚暗
換昔年多病厭芳樽今日芳樽惟恐淺

玉林詞話云錢思公暮年作此詞頗極悽惋之情

宮詞　李後主

晚妝初了明肌雪春殿嬪娥魚貫列笙簫吹斷水雲閒重按霓裳歌遍徹　臨春誰更飄香屑醉拍闌干情味切歸時休照燭光紅待放馬蹄清夜月

天台　周美成

桃溪不作從容住秋藕絶來無續處當時無奈鳥聲哀今日重尋芳草路　烟中列岫青無數雁背夕陽紅欲

暮人如風後入江雲情似雨餘粘地絮

按東坡有點絳脣詞詠天台云醉漾輕舟信流直到花深處塵緣相誤無計花間住　烟水茫茫回首斜陽暮山無數亂紅如雨不記來時路蓋全用劉阮天台事也今併附于此

妓館

歐陽永叔

妖冶風情天與措清瘦肌膚氷雪妒百年心事一宵同愁聽雞聲牕外度　信阻青禽雲雨暮海月空驚人兩處強將離恨倚江樓江水不能流恨去

按詞馬燕有贈妓一詞名蝶戀花云妾本錢塘江上住花落花開不管流年度燕子銜將春色

去紗窗幾陣黃梅雨斜插犀梳雲半吐檀板輕敲唱徹黃金縷望斷行雲無覓處夢回明月生南浦又毛澤民有贈錢塘妓惜分飛詞云淚濕闌干花著露愁到眉峰碧聚此恨平分取更無言語空相覷斷雨殘雲無意緒寂寞朝朝暮暮今夜山深處斷魂分付潮回去大為東坡稱賞澤民由此得名此二詞結語皆祖六一翁詞意

離別　　晏叔原

鞦韆院落重簾幕寂寞春閑扃繡户牆頭紅杏雨餘花門外緑楊風後絮　朝雲信斷知何處應作巫陽春夢去紫騮認得舊遊蹤嘶過畫橋東畔路

木蘭花令

春晚　賈子明

都城水綠嬉遊處僊棹往來人笑語紅隨遠浪泛桃花雪散平堤飛柳絮　東君欲共春歸去一陣狂風和驟雨碧油紅斾錦障泥斜日畫橋芳草路

花庵詞客云公平生惟賦此一詞極有風味

冬景　徐昌圖

沈檀烟起盤紅霧一剪霜風吹繡戸漢宮花面學梅妝

謝女雪詩裁柳絮　長垂天幕孤鸞舞旋炙銀笙雙鳳

語紅牕酒病對寒氷永覺相思無夢處

鵲橋仙

七夕　秦少游

纖雲弄巧飛星傳恨銀漢迢迢暗度金風玉露一相逢

便勝却人間無數　柔情似水佳期如夢忍顧鵲橋歸

路兩情若是久長時又豈在朝朝暮暮

按七夕歌以雙星會少别多為恨少游此詞謂兩情若是久長不在朝朝暮暮所謂化臭腐為

神奇寧不醒人心目

七夕　謝勉仲

鉤簾借月染雲為幌花面玉枝交暎涼生河漢一天秋問此會今宵孰勝　銅壺尚滴燭龍已駕淚浥西風不盡明朝烏鵲到人間試說向青樓薄倖

虞美人

風情　周美成

落花已作風前舞又送黄昏雨曉來庭院半殘紅惟有

遊絲千丈裊晴空　慇勤花下重攜手更盡盃中酒美人不用斂歌眉我亦多情無奈酒闌時

離別　蘇東坡

波聲拍枕長淮曉隙月窺人小無情汴水自東流只載一船離恨向西州　竹溪花浦曾同醉酒味多於淚誰教風鑑在塵埃醖造一場煩惱送人來

感舊　李後主

春花秋月何時了往事知多少小樓昨夜又東風故國

不堪回首月明中　雕欄玉砌應猶在只是朱顏改問君都有幾多愁恰是一江春水向東流

雪浪齋日記云荆公問山谷云作小詞曾看李後主詞否曾看荆公云何處最好山谷以一江春水向東流為對荆公云未若細雨夢回雞塞遠小樓吹徹玉笙寒尤為高妙

南鄉子

曉景　周美成

晨色動妝樓短燭熒熒悄未收自在開簾風不定颼颼池面冰澌趁水流　早起怯梳頭欲綰雲鬟又却休不

會沈吟思底事凝眸兩點春山滿鏡愁

夜景　　黄叔暘

萬籟寂無聲衾鐵稜稜近五更香斷燈昏吟未穩凄清只有霜華伴月明　應是夜寒凝惱得梅花睡不成我念梅花花念我關情起看清冰滿玉餅

重陽　　蘇東坡

霜降水痕收淺碧鱗鱗露遠洲酒力漸消風力軟颼颼破帽多情却戀頭　佳節若為酬但把清樽斷送秋萬

事到頭都是夢休休明日黃花蝶也愁

三山老人語錄云自來九日多用落帽事獨東坡云破帽多情却戀頭尤為奇特

閨情　孫夫人

曉日壓重簷斗帳春寒起未忺天氣困人梳洗懶眉尖淡畫春山不喜添　閒把繡絲撏認得金針又倒拈陌上遊人歸也未厭厭滿院楊花不捲簾

妓館　潘庭堅

生怕倚闌干閣下溪聲閣外山惟有舊時山共水依然

暮雨朝雲去不還　應是躡飛鸞月下時時整珮環月

又漸低霜又下更闌折得梅花獨自看

雨中花

夏景　王逐客

百尺清泉聲陸續映蕭灑碧梧翠竹面千步迴廊重重

簾幙小枕欹寒玉　試展鮫綃看畫軸見一片瀟湘凝

綠待玉漏穿花銀河垂地月上欄干曲

溫叟詩話云余嘗觀此詞不用浮瓜沉李之事

而天然有塵外涼思其詞語非觸熱者之所知

醉落魄

詠茶　黃魯直

紅牙板歇韶聲斷六么初徹小槽酒滴真珠竭紫玉甌圓淺浪泛春雪　香芽嫩蘂清心骨醉中襟量與天闊夜闌似覺歸仙闕走馬章臺踏碎滿街月

詠佳人吹笛　張子野

雲輕柳弱內家髻子新梳掠生香真色人難學橫管孤吹月淡天垂幕　朱唇淺破櫻桃蕚倚樓人在闌干角

夜寒指冷羅衣薄聲入霜林簌簌驚梅落

苕溪漁隱云樂府雜録云笛者羌樂也古曲有折楊柳落梅花故杜少陵詩故園楊柳今揺落何得愁中却盡生此皆言折楊柳曲也復齋漫録言古曲有落梅花非謂吹笛則落梅詩人用事不悟其失余以為不然蓋詩人有因笛中有落梅花曲故言吹笛則梅落其理甚通用事殊未為失且如角聲中有大小梅花曲初不言落詩人尚猶如此用之故秦太虚和黄法曹云月落參横畫角哀暗香消盡梅花老者是也古今詩詞用吹笛則落梅者甚衆若以為失則落梅花之曲何為笛中獨有之決不虛設也如張于野此詞簌簌驚梅落摭遺載梅花詩南枝向暖北枝寒一種春風有兩般憑仗高樓莫吹笛大家留取倚闌干晁次膺填入水龍吟詞云最是

關情處高樓上一聲羌笛伏何人說與争取倚闌看孫濟師落梅詞云一聲羌笛吹嗚咽玉溪半夜梅翻雪泛觀古今詩詞用事一律可見復齋之妄辯也

梅花引

冬景　　万俟雅言

曉風酸曉霜乾一鴈南飛人度關客衣單客衣單千里斷魂空歌行路難　寒梅驚破前村雪寒雞啼落西樓月酒腸寛酒腸寛家在日邊不堪頻倚欄

踏莎行

賞春　黃魯直

臨水夭桃倚牆繁李長楊風掉青驄尾坐中有酒可酬春更尋何處無愁地　明日重來落花如綺芭蕉漸著山公啓欲牋心事寄天公教人長壽花前醉

山谷云余親書此詞遺祝有道云諸樂府雖有賞歎其詞而未深解其義味者故并奉寄

春旅　秦少游

霧失樓臺月迷津渡桃源望斷無尋處可堪孤館閉春寒杜鵑聲裏斜陽暮　驛寄梅花魚傳尺素砌成此恨

無重數郴江幸自遶郴山爲誰流下瀟湘去

冷齋夜話云少游到郴州作此詞東坡絕愛其尾兩句自書於扇曰少游已矣雖萬人何贖范元實詩眼云余誦淮海小詞云杜鵑聲裏斜陽暮山谷云此詞高絕但既云斜陽又曰暮即重出也欲改斜陽爲簾櫳余曰既言孤館閉春寒似無簾櫳山谷曰亭傳雖未必有簾櫳有亦無害余曰此詞本模寫牢落之狀若曰簾櫳恐損初意山谷曰極難得好字當徐思之然余因此曉句法不當重疊

春閨　寇平叔

春色將闌鶯聲漸老紅英落盡青梅小畫堂人靜雨濛

濛屏山半掩餘香裊　密約沉沉離情杳杳菱花塵滿慵將照倚樓無語欲䰟銷長空黯淡連芳草

春閨　寇平叔

小徑紅稀芳郊緑遍高臺樹色陰陰見東風不解禁楊花濛濛亂撲行人面　翠葉藏鶯朱簾隔燕爐香靜逐遊絲轉一場愁夢酒醒時斜陽却照深深院

離別　歐陽永叔

候館梅殘溪橋柳細草芳風暖搖征轡離愁漸遠漸無

窮迢迢不斷如春水　寸寸柔腸盈盈粉淚樓高莫近
危欄倚平蕪盡處是春山行人更在春山外

小重山（一名小中日）

立春　李漢老

誰勸東風臘裏來不知天待雪惱江梅東郊寒色尚徘
徊雙綵燕飛傍鬢雲堆　玉冷曉粧臺宜春金縷字拂
香腮紅羅先繡踏青鞋春猶淺花信更須催

春閨　趙德仁

樓上風和玉漏遲鞦韆庭院靜落花飛午牎纔起綫金危匀面了欄畔看春池　何事苦顰眉碧雲春信斷儘來時鴛鴦遊戲鎮相隨雲霧斂新月挂天西

宮詞　和凝

春入神京萬木芳禁林鶯語滑蝶飛忙曉桃凝露妬啼妝紅日永風和百花香　烟鎖柳絲長御溝澄碧水轉池塘時時微雨洗風光天衢遠到處引笙簧

愚按和凝為石晉宰相有喜遷鶯一詞云曉月墜宿雲披銀燭錦屏帷建章鐘動玉繩低宮漏

出花遲春態淺來雙燕紅日漸長一線嚴妝欲罷轉黄鸝飛上萬年枝此詞與小重山詞語意相類至於薄命女一詞云天欲曉宮漏穿花聲繚繞窓裏星光少冷露寒侵帳額殘月光沉樹杪夢斷錦幃空悄悄強起愁眉小此詞頗盡宫中幽怨之意併附于此

宮詞　　韋莊

閑昭陽春又春夜寒宮漏永夢君恩卧思陳事暗銷魂羅衣濕紅袂有啼痕　歌吹隔重閣遶庭芳草綠倚長門萬般惆悵向誰論顒情立宮殿欲黄昏

初夏　　蔣子雲

花過園林清蔭濃琅玕新脫筍緑叢叢語聲只在小池東閣欹枕直面芰荷風斜日敞簾櫳輕塵飛不到畫堂空一樽今夜與誰同人如玉相對月明中

秋閨　汪彥章

月下潮生紅蓼汀殘霞都斂盡四山青柳梢風急墮流螢隨波去點點亂寒星別語記丁寧如今能間隔幾長亭夜來秋氣入銀屏梧桐雨還恨不同聽

佳人　宋豐之

花樣妖嬈柳樣柔眼波流不斷滿眶秋窺人佯整玉搔頭嬌無力舞罷却成羞　無計與遲留滿懷禁不得許多愁一溪春水送行舟無情月偏照水東樓

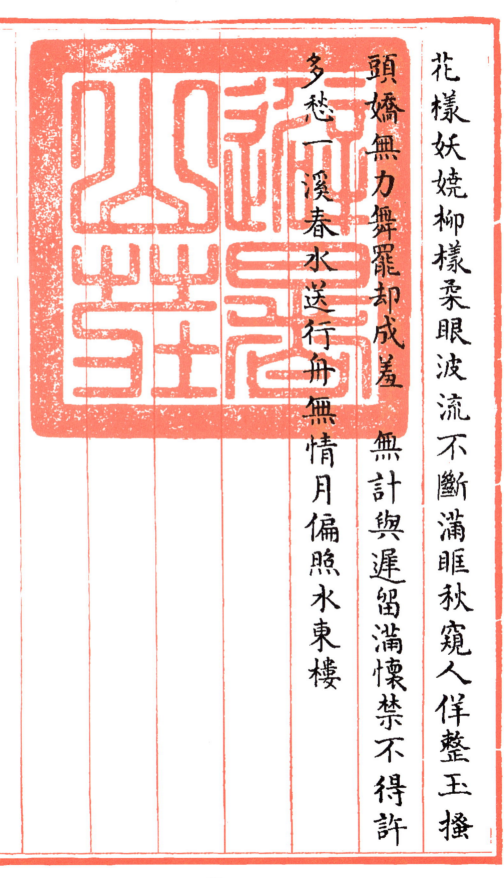

草堂詩餘卷一

欽定四庫全書

草堂詩餘卷二

中調

一翦梅

離別　李易安

紅藕香殘玉簟秋輕解羅裳獨上蘭舟雲中誰寄錦書來雁字回時月滿樓　花自飄零水自流一種相思兩處閒愁此情無計可消除纔下眉頭却上心

頭

茗溪漁隱云近時婦人能文詞者如趙明誠之妻李易安長於詞有漱玉集三卷行于世此詞頗盡離别之情當為拈出

臨江仙

立春　賀方回

巧翦合歡羅勝子釵頭春意翩翩艷歌淺笑拜嫣然願郎宜此酒行樂駐華年　未至文園多病客幽襟淒斷堪憐舊遊夢掛碧雲邊人歸落雁後思發在花前

復齋漫錄云方回詞有鴈後歸詞乃山谷守當塗方回過之人日席上作也腔本臨江仙山谷以方回用薛道衡詩故易以鴈後歸云今仍其舊

唐劉餗傳記云隋薛道衡聘陳為人日詩首云入春纔七日離家已二年南人嗤之及云人歸落鴈後思發在花前乃曰名下無虛士

春暮　　晁無咎

綠暗汀洲三月暮落花風靜帆收垂楊低映木蘭舟半篙春水滑一段夕陽愁　灞水橋東回首處美人親上簾鈎青鸞無計入紅樓行雲歸楚峽飛夢到揚州

夏景　歐陽永叔

池外輕雷池上雨雨聲滴碎荷聲小樓西角斷虹明欄干倚處待得月華生　燕子飛來窺畫棟玉鉤垂下簾旌涼波不動簟紋平水晶雙枕傍有墮釵橫

夜景　李知幾

煙柳踈踈人悄悄畫樓風外吹笙倚欄聞喚小紅聲熏香臨欲睡玉漏已三更　坐待不來來不去一方明月中庭粉牆東畔小橋橫起來花影下扇子撲飛螢

宮詞　鹿虔扆

金鏁重門荒苑靜綺窻愁對秋空翠華一去寂無蹤玉樓歌吹聲斷已隨風　烟月不知人事改夜闌還照深宮藕花相向野塘中暗傷亡國清露泣香紅

按周美成西河詞云燕子不知何世向尋常巷陌人家相對如說興亡斜陽裏亦是就烟月不知人事改句變化出來

感舊　陳去非

憶昔午橋橋上飲坐中多少豪英長溝流月去無聲杳

花踈影裡吹笛到天明　二十餘年成一夢此身雖在堪驚閒登小閣看新晴古今多少事漁唱起三更

苕溪漁隱云去非舊有詩云風流邱壑真吾事籌策廟堂非所知後登政府無所建明卒如其言九日詞云九日登臨有故常隨晴隨雨一傳觴用退之淮西碑欲事故常之語如憶吳中舊遊臨江仙一闋清婉奇麗簡齋詞集推此詞最優

蝶戀花

一名鳳棲梧　一名鵲踏枝

元日立春　辛幼安

誰向椒盤簪綵勝整整韶華爭上春風鬢往日不堪重

記省為花長抱新春恨　春未来時先借問晚恨開遲早又飄零近今歲花期消息定只愁風雨無憑準

清明　趙德麟

欲减羅衣寒未去不捲珠簾人在深深處紅杏枝頭花幾許啼痕止恨清明雨　盡日水沉香一縷宿酒醒遲惱破春情緒飛燕又將歸信誤小屏風上西江路

春暮　李世英

遙夜亭皐閑信步纔過清明漸覺傷春暮數點雨聲風

約住朦朧淡月雲來去　桃杏依稀香暗度誰在鞦韆
笑裏輕輕語一寸相思千萬緒人間没個安排處

春暮　蘇子瞻

花褪殘紅青杏小燕子來時緑水人家遶枝上柳緜吹
又少天涯何處無芳草　牆裏鞦韆牆外道牆外行人
牆裏佳人笑笑漸不聞聲漸悄多情却被無情惱

古今詞話予得此詞真本於友人處極有理趣
緑水人家遶非遶字乃日人家曉曉字與遶字
蓋霄壤也

春暮　晏同叔

簾幙風輕雙語燕午醉醒來柳絮飛撩亂心事一春猶未見餘花落盡青苔院　百尺朱樓閒倚遍薄雨濃雲抵死遮人面消息未知歸早晚斜陽只送平波遠

春暮　歐陽永叔

庭院深深深幾許楊柳堆烟簾幕無重數金勒雕鞍遊冶處樓高不見章臺路　雨橫風狂三月暮門掩黃昏無計留春住淚眼問花花不語亂紅飛過鞦韆去

易安居士序歐陽公作蝶戀花有深深深幾許之句予酷愛之用其語作庭院深深數闋其聲即舊臨江仙也

春恨　趙德麟

捲絮風頭寒欲盡墜粉飄香日日紅成陣新酒又添殘酒困今春不減前春恨　蝶去鶯來無處問隔水樓高望斷雙魚信惱亂橫波秋一寸斜陽只與黃昏近

深秋　晏叔原

庭院碧苔紅葉遍黃菊開時已近重陽宴日日露荷凋

綠扇粉塘烟水明如練　試倚涼風醒酒面鴈字來時恰向層樓見幾點護霜雲影轉誰家蘆管吟秋怨

曉行

周美成

月皎驚烏棲不定更漏將殘轣轆牽金井喚起兩眸清炯炯淚花滴破珊瑚枕　執手霜風吹鬢影去意徊徨別語愁難聽樓上闌干橫斗柄露寒人遠鴛鴦冷

懷舊

俞克成

夢斷池塘驚乍曉百舌無端故作枝頭鬧報道不禁寒

料峭未教舒展閒花草　盡日簾垂人不到老去情踈
底事傷春抱相對一樽歸計早玉山不減巫山好

懷舊　俞克成

海燕雙來歸畫棟簾影無風花影頻移動半醉海棠春
睡重綠鬟堆枕香雲擁　翠被雙盤金縷鳳憶得前春
有箇人人共花裏鶯聲時一弄日斜驚起相思夢

感舊　秦少游

鐘送黃昏雞報曉昏曉相催世事何時了萬苦千愁人

自老春来依舊生芳草　忙處人多閒處少閒處光陰幾箇人知道獨上小樓雲杳杳天涯一點青山小

離別　蘇東坡

春事闌珊芳草歇客裏風光又過清明節小院黃昏人憶別落紅處處聞啼鴂　咫尺江山分楚越目斷魂銷應是音塵絶夢破五更心欲折角聲吹落梅花月

唐多令

武昌　劉改之

蘆葉滿汀洲寒沙帶淺流二十年重度南樓柳下繫船猶未穩能幾日又中秋　黃鶴斷磯頭故人曾到不舊江山都是新愁欲買桂花重載酒終不似少年遊

蘇幕遮

懷舊　范希文

碧雲天黃葉地秋色連波波上寒烟翠山映斜陽天接水芳草無情更在斜陽外　黯鄉魂追旅思夜夜除非好夢留人睡明月樓高休獨倚酒入愁腸化作相思淚

風情　周美成

朧雲沉新月小楊栁梢頭能有春多少試著羅裳寒尚峭簾捲青樓占得東風早　翠屏深香篆裊流水落花不管劉郎到三疊陽關聲漸杳斷雲只怕巫山曉

漁家傲

春景　王介甫

平岸小橋千嶂抱揉藍一水縈花草茅屋數間牕窈窕塵不到時時自有春風掃　午枕覺來聞語鳥欹眠似

聽朝雞早忽憶故人今總老貪夢好茫茫忘了邯鄲道

雪浪齋日記云荊公此詞畧無塵土思

黃玉林詞選云半山老人此詞極能道閑居之趣

春恨　周美成

幾日輕陰寒惻惻東風急處花成積醉踏陽春懷故國

歸未得黃鸝久住如相識　賴有蛾眉能暖客長歌屢勸

金盃側歌罷月痕來照席貪歡適簾前重露成涓滴

秋思　范希文

塞下秋来風景異衡陽鴈去無留意四面邊聲連角起千嶂裏長烟落日孤城閉　濁酒一盃家萬里燕然未勒歸無計羌管悠悠霜滿地人不寐將軍髮白征夫淚

東軒筆録云范希文守邊日作漁家傲樂歌數闋皆以塞下秋来為首句頗述邊鎮之苦永叔嘗呼為窮塞主之詞及王尚書素守平凉永叔亦作漁家傲一詞以送之其斷章曰戰勝歸来飛捷奏傾賀酒玉堦遥獻南山壽且謂王尚書曰此真元帥

冬景　歐陽永叔

十月小春梅蘂綻紅爐煖閣新粧遍錦帳美人貪睡煖

蓋起懶玉壺一夜冰澌滿　樓上四垂簾不捲天寒山色偏宜遠風急鴈行吹字斷紅日晚江天雪意雲撩亂

漁父　謝無逸

秋水無痕清見底蓼花汀上西風起一葉小舟烟霧裏蘭棹艤柳條帶雨穿雙鯉　自嘆直鈎無處使笛聲吹散雲山翠鱠落霜刀紅縷細新酒美醉來獨枕簑衣

漁父　張仲宗

釣笠披雲青嶂繞綠簑雨細春江渺白鳥飛來風滿棹

收綸了漁童拍手樵青笑　明月太虛同一照浮家泛宅忘昏曉醉眼冷看城市鬧煙波老誰能認得閒煩惱

苕溪漁隱云張仲宗有漁家傲詞余往歲在錢塘與仲宗從遊甚久仲宗手寫此詞相示云舊所作也其詞第二句原是撇頭今以兩觀之語晦而病因為改作綵褭兩徵云樓外天寒山欲暮邊溪雪後藏雲樹小艇風斜沙嘴露流年度春光已向梅梢住　短夢今宵還到否蓉村四望知何處客裹從來無意緒催歸去故園正要鶯花主亦清新流麗故附見於此

醉春風

春閨　趙德仁

陌上清明近行人難借問風流何處不歸來悶悶悶回鴈峯前戲魚波上試尋芳信　夜永蘭膏燼春睡何曾穩枕邊珠淚幾時乾恨恨恨惟有窓前過來明月照人方寸

品令

詠茶　黃魯直

鳳舞團團餅恨分破教孤另金渠體淨隻輪慢碾玉塵光瑩湯響松風早減二分酒病　味濃香永醉鄉路成

佳境恰如燈下故人萬里歸来對影口不能言心下快活自省

苕溪漁隱云魯直諸茶詞余謂品令一詞最佳能道人所不能言者尤在結尾三四句之内

行香子

晚景　蘇子瞻

北望平川野水荒灣共尋春飛步孱顔和風弄袖香霧縈鬢正酒酣人語笑白雲間　飛鴻落照相將歸去澹娟娟玉宇清閒何人無事宴坐空山望長橋上燈火亂

使君還

苕溪云淮北之地平夷自京師至汴口並無山惟隔淮方有南山南山石岸上有東坡行香子詞後題云與泗守過南山晚歸作字畫是東坡所書小字但無姓名崇觀間禁元祐文字遂鐫去之余居泗上打得碑詞至今尚存焉

聲聲令

春思

俞克成

簾移碎影香褪衣襟舊家庭院嫩苔侵東風過盡暮雲鎖綠窗深怕對人閒枕剩衾　樓底輕陰春信斷怯登

臨斷腸魂夢兩沉沉花飛水遠便從今莫追尋又怎禁
驀地上心

錦纏道

春景　宋子京

燕子呢喃景色乍長春晝覩園林萬花如繡海棠經雨
胭脂透柳展宫眉翠拂行人首　向郊原踏青恣歌攜
手醉醺醺尚尋芳酒問牧童遥指孤村道杏花深處那
裏人家有

古今詞話云此詞海棠經雨胭脂透一句最善形容景物至下段用問酒杏花村事曲盡郊外春遊之情工於詞者也

風中柳

閨情　孫夫人

銷減芳容端的為郎煩惱鬢慵梳宮妝草草別離情緒待歸来都告怕傷郎又還休道　利鎖名韁幾阻當年歡笑更那堪鱗鴻信杳蟾枝高折願從今須早莫辜負鳳幃人老

鳳凰閣

傷春　葉道卿

遍園林綠暗渾如翠幄下無一片是花萼可恨狂風橫雨忒煞情薄盡底把韶華送却　楊花無奈是處穿簾透幙豈知人意正蕭索春去也這般愁没處安著怎舊向黃昏院落

青玉案

春日懷舊　歐陽永叔

一年春事都来幾早過了三之二緑暗紅嫣渾可事緑楊庭院暖風簾幙有個人憔悴　買花載酒長安市又爭似家山見桃李不枉東風吹客淚相思難表夢魂無據惟有歸来是

春暮　賀方回

凌波不過横塘路但目送芳塵去錦瑟年華誰與度月樓花院綺窓朱户惟有春知處　碧雲冉冉衡臯暮綵筆空題斷腸句試問閒愁知幾許一州烟草滿城風絮

梅子黄時雨

詠雪　　陳瑩中

碧空黯淡同雲繞漸枕上風聲峭明透紗窗天欲曉珠簾纔捲美人驚報一夜青山老　使君命客金尊倒正千里瓊瑶未經掃歌壓江梅春信早十分農事滿城和氣管取来年好

驚悟　　吳彦高

人生南北如岐路世事悠悠等風絮造化小兒無定據

翻来覆去倒横直豎眼見都如許　伊周功業何須慕
不學淵明便歸去坎止流行隨所寓玉堂金馬竹籬茅
舍總是無心處

天仙子

送春　張子野

水調數聲持酒聽午睡醒来愁未醒送春春去幾時回
臨晚鏡傷流景往事後期空記省　沙上並禽池上暝
雲破月来花弄影重重翠幙密遮燈風不定人初靜明

日落紅應滿逕

古今詩話有客謂張子野曰人皆謂公張三中即心中事眼中淚意中人也公曰何不目之為張三影客不曉公曰雲破月來花弄影嬌柔懶起簾壓捲花影柳徑無人墜飛絮無影此余平生所得意

高齋詩話子野有詩云浮萍斷處見山影又長短句云雲破月來花弄影又云隔墻送過秋千影並膾炙人口世謂張三影按苕溪漁隱云細味二說當以古今詩話所載三影為勝

水閣　沈會宗

景物因何成勝槩滿目更無塵可礙等閒簾幙小闌干

衣未解心先快明月清風如有待　誰信門前車馬隊別是人間閒世界坐中無物不清涼山一帶水一泓流水白雲長自在

苕溪漁隱云賈耘老舊有水閣在苕溪之上景物清麗會宗為賦此詞其後水閣易主今已摧毀久矣遺址正與余水閣相近同在一岸景物悉如會宗之詞故余嘗有鄙句云三間小閣賈耘老一首佳詞沈會宗無限當時好明月如今總屬續溪翁蓋謂此也

江城子 即江神子

春思　謝無逸

杏花村館酒旗風水溶溶颺殘紅野渡舟橫楊柳綠陰濃望斷江南山色遠人不見草連空　夕陽樓外晚烟籠粉香融淡眉峯記得年時相見畫屏中只有關山今夜月千里外素光同

復齋漫錄云無逸嘗於黄州關山杏花村館驛題此詞過者必索筆於館卒卒頗以為苦因以泥塗之其為人賞重可知

春別　　蘇子瞻

天涯流落思無窮既相逢却匆匆攜手佳人和淚折殘

紅為問東君餘幾許春總在與誰同　隋堤三月水溶溶背歸鴻去吳中回望彭城清泗與淮通寄我相思千點淚流不到楚江東

離別　秦少游

西城楊柳弄春柔動離憂淚難收猶記多情曾為繫歸舟碧野朱橋當日事人不見水空流　韶華不為少年留恨悠悠幾時休飛絮落花時候一登樓便做春江都是淚流不盡許多愁

千秋歲

春景　　　　秦少游

柳邊沙外城郭輕寒退花影鶯聲碎飄零踈酒盞離別寬衣帶人不見碧雲暮合空相對　憶昔西池會鴛鷺同飛盖攜手處今誰在日邊清夢斷鏡裏朱顏改春去也落紅萬點愁如海

后山詩話云王平甫之子嘗云今語例襲陳言但能轉移耳世稱此詞愁如海為新奇不知李後主虞美人詞已云問君還有幾多愁恰似一江春水向東流但不可以海為江惟以江為海

冷齋夜話云少游小詞奇麗詠歌之想見其神清在絳闕道山之間余兄思禹使余賦崔徽頭子詞因次韻曰半身屛外睡覺唇紅退春思亂芳心碎空餘簪髻玉不見流蘇帶誰與問今人秀韻誰宜對 湘浦曾同會手弭青羅蓋疑是夢中猶在十分春意畫一點情難改多小事却隨恨遠連雲海

夏景　謝無逸

楝花飄砌蔌蔌清香細梅雨過蘋風起清隨湘水遠夢遶吳峯翠琴書倦鷓鴣喚起南窗睡 密意無人寄幽恨憑誰洗修竹畔疎簾裏歌餘塵拂扇舞罷風掀袂人散

後一鈎淡月天如水

祝英臺近

春晚　辛幼安

寶釵分桃葉渡烟柳暗南浦陌上層樓十日九風雨斷腸點點飛紅都無人管倩誰喚流鶯聲住　鬢邊覷試把花卜歸期纔簪又重數羅帳燈昏哽咽夢中語是他春帶愁来春歸何處又不解帶將愁去

側犯

夏景 周美成

暮霞霽雨小蓮出水紅粧靚風定看步襪江妃照明鏡飛螢度暗草秉燭遊花徑人靜攜艷質追涼就槐影金環皓腕雪藕清泉瑩誰念省滿身香猶是舊荀令見説胡姬酒壚寂靜烟鎖漠漠藻池苔井

四園竹

秋怨 周美成

浮雲護月未放滿朱扉鼠摇暗壁螢度破窓偷入書幃

秋意濃閒竚立庭柯影裏好風襟袖先知　夜何其江南路遶重山心知謾與前期奈何燈前墮淚腸斷蕭娘舊日書辭猶在紙鴈信絕清宵夢又稀

御街行

秋日懷舊　　范希文

紛紛墜葉飄香砌夜寂靜寒聲碎真珠簾捲玉樓空天淡銀河垂地年年今夜月華如練長是人千里　愁腸已斷無由醉酒未到先成淚殘燈明滅枕頭欹諳盡孤

眠滋味都來此事眉間心上無計相迴避

過澗歌

夏景　柳耆卿

淮楚曠望極千里火雲燒空盡日西郊無雨厭行旅數幅輕帆旋落艤棹蒹葭浦避畏景兩兩舟人夜深語此際爭可便恁奔利名九衢塵裡衣冠冒炎暑回首江鄉月觀風亭水邊石上幸有散髮披襟處

陽關引

離别　　寇平仲

塞草烟光闊渭水波聲咽春朝雨霽輕塵斂征鞍發指青青楊柳又是輕攀折動黯然知有後會甚時節　更盡一盃酒歌一闋歎人生裏難歡聚易離别且莫辭沈醉聽取陽關徹念故人千里自此共明月

苕溪漁隱云王右丞絕句云渭城朝雨裛輕塵客舍青青柳色新勸君更盡一盃酒西出陽關無故人此送元二使安西告别之詩也近世又歌入小秦王更名陽關曲蓋用詩中語也舊本蘭橈集載寇萊公陽關引其語豪壯送别之曲必歌成一調當為第一亦以此絕句填入詞云

紅林檎近

冬初　周美成

風雪驚初霽水鄉增暮寒樹杪墜毛羽簷牙掛琅玕纔喜堆門積巷可惜迤邐銷殘漸看低竹翩翻清池漲微瀾　步屐晴正好宴席晚方歡梅花耐冷亭亭來入冰盤對山前橫素愁雲變色放盃同覓高處看

冬雪　周美成

高柳春纔軟凍梅寒更香暮雪助清峭玉塵散林塘那

堪飄風遞冷故遣度幙穿窗似欲料理新妝呵手弄絲簧

冷落詞賦客蕭索水雲鄉援毫授簡風流猶憶東梁

望虛簷徐轉回廊未掃夜長莫惜空酒觴

金人捧露盤

春晚感舊　　曾純甫

記神京繁華地舊遊蹤正御溝春水溶溶平康巷陌繡鞍

金勒躍青驄鮮衣沽酒醉絃筦柳綠花紅　到如今餘

霜鬢嗟前事夢魂中但寒烟滿目飛蓮雕欄玉砌空餘

三十六離宮塞笳驚起暮天鴈寂寞東風

玉林詞選云公東都故老及見中興之盛者詞多感慨庚寅春奉使過京師作金人捧露盤憶秦娥等曲悽然有黍離之悲如邯鄲道上望叢臺有感作憶秦娥云風蕭瑟邯鄲古道傷行客傷行客繁華一瞬不堪思憶　叢臺歌舞無消息金尊玉管空陳迹空陳迹連天草樹暮雲凝碧亦有感

故併録之

鬭百花

春恨　柳耆卿

煦色韶光明媚輕靄低籠芳樹池塘淺蘸烟蕪簾幙閒

垂風絮春困厭厭抛擲鬬草工夫冷落踏青心緒終日
扃朱户　遠恨緜緜淑景遲遲難度年少傳粉依前醉眠
何處深院無人黄昏乍拆鞦韆空鏁滿庭花雨

新荷葉

採蓮　僧仲殊

雨過回塘圓荷嫩緑新抽越女輕盈畫橈穩泛蘭舟波
光艷粉紅相間脉脉嬌羞菱歌隱隱漸遥依約凝眸
堤上郎心波間妝影遲留不覺歸時暮天碧襯蟾鉤風

蟬噪晚餘霞暎幾點沙鷗漁笛不道有人獨倚危樓

瓜茉蘋

秋夜

柳耆卿

每到秋来轉添甚况味金風動冷清清地殘蟬噪晚甚聒得人心欲碎更休道宋玉多悲石人也須下淚　衾寒枕冷夜迢迢更無寐深院静月明風細巴巴望曉怎生捱更迢遞料我兒只在枕頭根底等人睡来夢裏

驀山溪

春景　黃山谷

鴛鴦翡翠小小思珍偶眉黛斂秋波盡湖南山明水秀
娉娉嫋嫋恰似十三餘春未透花枝瘦正是愁時候
尋芳載酒肯落誰人後祇恐遠歸來綠成陰青梅如豆
心期得處每自不由人長亭柳君知否千里猶回首

雪浪齋日記云山谷此詞云春未透花枝瘦正是愁時候極為學者稱賞秦處度嘗有小詞云春透水波明寒峭花枝瘦蓋法此也

春半　張東父

青梅如豆斷送春歸去小綠間長紅看幾處雲歌栁舞
偎花識面對月共論心攜素手採香遊踏遍西池路
水邉朱户曾記銷魂處小立背鞦韆空悵望娉婷韻度
楊花撲面香糁一簾風情脉脉酒猒猒回首斜陽暮

春情　　易彦祥

海棠枝上留得嬌鶯語雙燕幾時来並飛入東風院宇
夢回芳草綠遍舊池塘梨花雪桃花雨畢竟春誰主
東郊拾翠襟袖霑飛絮寳馬趂彫輪亂紅中香塵滿路

十千斗酒相與買春閑吳姬唱秦娥舞擠醉青樓暮

自述　宋謙父

壺山居士未老心先懶愛學道人家辦竹几蒲團茗椀青山可買小結屋三間開一逕俯清溪修竹栽教滿客來便請隨分家常飯若肯小留連更薄酒三盃兩琖吟詩度曲風月任招呼身外事不關心自有天公管

早梅　曹元龍

洗妝真態不假鉛華飾竹外一枝斜想佳人天寒日暮

黄昏院落無處著清香風細細 雪垂垂何況江頭路
月邊疎影夢到銷魂處結子欲黄時又須作廉纖細雨
孤芳一世供斷有情愁消瘦損東陽也試問花知否

千秋歲引

秋思 王介甫

別館寒砧孤城畫角一派秋聲入寥廓東歸燕從海上
去南來鴈向沙頭落楚臺風庾樓月宛如昨 無奈被
些名利縛無奈被他情擔閣可惜風流總閒却當初謾

留華表語而今誤我秦樓約夢闌時酒醒後思量著

早梅芳

冬景　　周美成

花竹深房櫳好夜閒無人到隔牕寒雨向壁孤燈弄餘照淚多羅袖重意密鶯聲小正魂驚夢怯門外已知曉去難留話未了早促登長道風披宿霧露洗初陽射林表亂愁迷遠覽苦語縈懷抱謾回頭更堪歸路杳滿路花

冬景　周美成

金花落燼燈銀礫鳴窗雪庭深微漏斷行人絕風扉不
定竹圃琅玕折玉人新閒闊著甚悰情更當恁地時節
無言欹枕帳底流清血愁如春後絮來相接知他那裏
爭信人心切除共天公說不成也還似伊無箇分别

風情　朱希真

簾烘淚雨乾酒壓愁城破冰壺防飲渴培殘火朱消粉
褪絕勝新梳裹不是寒宵短日上三竿殢人猶要同卧

如今多病寂寞章臺左黄昏風弄雪門深鎖蘭房密
憂萬種思量過也須知有我著甚情悰你但忘了人呵

蕙蘭芳引

秋懷

周美成

寒瑩晚空點青鏡斷霞孤鶩對客館深扃霜草未衰更緑倦遊厭旅但夢繞阿嬌金屋想故人别後盡日空疑風竹　塞北氍毹江南圖障是處温燠更花管雲牋猶寫寄情舊曲音塵迢遞但勞遠目今夜長争奈枕單人獨

華胥引

秋思　　周美成

川源澄映烟月濵濛去舟似葉岸足沙平蒲根水冷留鴈唼別有孤角吟秋對曉風嗚軋紅日三竿醉頭扶起寒怯　離思縈漸看看鬢絲堪鑷舞衫歌扇何人輕憐細閱檢點從前恩愛鳳牋盈篋愁剪燈花夜来和淚雙疊

洞仙歌

初春　李元膺

雪雲散盡放曉晴夜院楊柳於人便青眼更風流多處一點梅心相應遠約略顰輕笑淺　一年春好處不在濃芳小艷疏香最嬌軟到清明時候百紫千紅花正亂已失春風一半早占取韶光共追遊但莫管春寒醉紅自暖

公自序云一年春物惟梅柳間意味最深至鶯花爛熳時則春已衰遲使人無復新意予作洞仙歌使探春者歌之不至有後時之悔耳

夏夜　蘇子瞻

冰肌玉骨自清涼無汗水殿風来暗香滿繡簾開一點明月窺人人未寢欹枕釵横鬢亂　起来攜素手庭户無聲時見疎星渡河漢試問夜如何夜已三更金波淡玉繩低轉但屈指西風幾時来又不道流年暗中偷換

東坡自序云僕七歲時見眉州老尼姓朱忘其名年九十餘自言嘗隨其師入蜀主孟昶宮中一日天熱主與花蕋夫人夜起避暑摩訶池上作一詞朱具能記之今四十年朱已死久矣人無知此詞者獨記其首兩句暇日尋味豈洞仙歌令乎輙轉長思乃漫為足之云

漫叟詩話云楊元素作本事曲記東坡洞仙歌詞謂錢塘有一老尼能誦后主詩首章兩句後人為足其意以填此詞余嘗見一士人誦全篇云水肌玉骨清無汗水殿風来暗香滿簾開明月獨窺人攲枕釵横雲鬓亂　起来瓊户啓無聲時見踈星渡河漢屈指西風幾時来只恐流年暗中換

苕溪漁隱云漫叟詩話所載本事曲云錢塘一老尼能誦后主詩首章兩句與東坡洞仙歌序全然不同當以序為正也

中秋　晁無咎

青烟羃處碧海飛金鏡永夜閒階卧桂影露涼時零亂

多少寒螿神京遠惟有藍橋路近　水晶簾不下雲母屏開冷浸佳人淡脂粉待都將許多明付金樽投曉共流霞傾盡更攜取匡牀上南樓看玉做人間素秋千頃

苕溪叢話云凡作詩詞要當如常山之蛇救首救尾不可偏也如晁無咎作中秋洞仙歌其首云青烟羃處至閑堦卧桂影固已佳矣其後云待都將許多明付與金樽至素秋千頃若此可謂善救首尾者也至朱希真作中秋念奴嬌則不知出此其首云插天翠柳被何人推上一輪明月照我藤牀涼似水飛入瑶臺銀闕亦已佳矣其後云洗盡凡心滿身清露冷浸蕭蕭髮明朝塵世記取休向人說此兩句全無意味收拾得不佳遂并前篇其氣索然矣

詠雨　李元膺

簾纖細雨殢東風如困縈斷千絲為誰恨向楚宮一夢多少悲涼無處問愁到而今未盡　分明都是淚泣柳沾花常與騷人伴孤悶記當年得意處酒力方酣怯輕寒玉爐香潤又豈識情懷苦難禁對點滴簷聲夜寒燈暈

垂虹橋　林外

飛梁壓水虹影澄清曉橋里漁村半烟草嘆今来古往

物換人非天地裏惟有江山不老　雨巾風帽四海誰知我一劍橫空幾番過按玉龍嘶未斷月冷波寒歸去也林屋洞關無鎖認雲屏烟障是吾盧任滿地蒼苔年年不掃

古今詞話云此詞乃近時林外題于吳江垂虹亭世或傳以為呂洞賓所作者非也誠哉是言

江城梅花引

閨情　康伯可

娟娟霜月冷侵門怕黃昏又黃昏手撚一枝獨自對芳

罇酒又不禁花又惱漏聲遠一更更總斷霓　斷霓斷霓不堪聞被半温香半薰睡也睡也睡不穩誰與温存惟有牀前銀燭照啼痕一夜為花憔悴損人瘦也比梅花瘦幾分

八六子

春怨　　秦少游

倚危亭恨如芳草萋萋剗盡還生念柳外青驄别後水邊紅袂分時愴然暗驚　無端天與娉婷夜月一簾幽

夢春風十里柔情怎奈向歡娱漸隨流水素絃聲斷翠綃香减那堪片片飛花弄晚濛濛殘雨籠晴正銷凝黄鸝又啼數聲

魚遊春水

春景

秦樓東風裏燕子還来尋舊壘餘寒猶峭紅日薄侵羅綺嫩草方抽碧玉茵媚柳輕拂黄金縷鶯囀上林魚遊春水　幾曲欄干遍倚又是一番新桃李佳人應怪歸

遲梅妝淚洗鳳簫聲絕沉孤鴈望斷清波無雙鯉雲山
萬里寸心千里

復齋漫錄云政和中一中貴人使越州回得詞於古碑陰無名無譜不知何人作也錄以進御命大晟府填腔因詞中語賜名魚遊春水云古今詞話云東都防河卒於汴河上掘地得石刻有詞一闋不題其目臣僚進上上喜其藻思絢麗欲命其名遂摭詞中四字名曰魚遊春水命教坊倚聲歌之詞凡八十九字而風花鶯燕動植之物曲盡之此唐人語也後之狀物寫情不及之矣二說不同未詳孰是

夏雲峯

夏景　柳耆卿

宴堂深軒檻雨輕壓暑氣低沉花洞彩舟泛斝坐繞清潯楚臺風快湘簟冷永日披襟坐久覺疎絃脆管換新音越娥蕙態蘭心逞妖艷昵歡邀寵難禁筵上笑歌間發舄履交侵醉鄉歸處須盡與滿酌高吟向此免名韁利鎖虛費光陰

草堂詩餘卷三

長調

東風齊著力

除夕　周美成

殘臘收寒三陽初轉已換年華東君律管迤邐到山家處處笙簧鼎沸會佳宴坐列仙娃花叢裏金爐滿爇龍麝烟斜　此景轉堪誇深意祝

壽山福海增加玉觥滿泛且莫獻流霞幸有迎春壽酒銀瓶浸幾朶梅花休辭醉園林孕色百草萌芽

法曲獻仙音

初夏　周美成

蟬咽涼柯燕飛塵幕漏閣籤聲時度倦脫綸巾困便湘竹桐陰半侵朱户向抱影凝情處時聞打窗雨　耿無語歎文園近來多病情緒懶尊酒易成間阻縹緲玉京

人想依然京兆眉嫵翠幕深中對徽容空在紈素待花
前月下見了不教歸去

意難忘

佳人　周美成

衣染鶯黃愛停歌駐拍勸酒持觴低鬟蟬影動私語口
脂香蓮露滴竹風涼拚劇飲淋浪夜漸深籠燈就月子
細端相　知音見說無雙解移宮換羽未怕周郎長顰
知有恨貪耍不成粧些箇事惱人腸試說與何妨又恐

伊尋消問息瘦減容光

塞翁吟

夏景　周美成

暗葉啼風雨牕外曉色瓏璁散氷霽小池東亂一岸芙容蘄州簟展雙紋浪輕帳翠縷如空夢遠別淚痕重淡鉛臉斜紅　忡忡嗟憔悴新寬帶結羞艷冶都銷鏡中有蜀紙堪憑寄恨等今夜洒血書詞翦燭親封菖蒲漸老早晚成花教見薰風

滿江紅

春暮　張仲宗

春水連天桃花浪幾番風惡雲乍起遠山遮盡晚風還作綠遍芳洲生杜若楚帆帶雨煙中落認向來沙嘴共停橈傷飄泊　寒猶在衾偏薄腸欲斷愁難著倚篷窗無寐引盃孤酌寒食清明都過了可憐辜負年時約想小樓日日望歸舟人如削

春暮　晁無咎

東武南城新堤固漣漪初溢隱隱遍長林高阜卧紅堆碧枝上殘花吹盡也與君試向江邊覓問向前猶有幾多春三之一　官裏事何時畢風雨外無多日相將泛曲水滿城爭出君不見蘭亭修禊事當時座上皆豪逸到如今修竹滿山陰空陳迹

春閨　周美成

晝日移陰攬衣起春幃睡足臨寶鑑緑雲繚亂未忺粧束蝶粉蜂黄都過了枕痕一綫紅生玉背畫欄脉脉悄

無言尋棋局　重會面何時卜無限事縈心曲想秦箏依舊尚鳴金屋芳草連天迷遠望寶香薰被成孤宿最苦是蝴蝶滿園飛無心撲

苕溪叢話云蝶粉蜂黃都過了人以蜂蝶時節都過殊與下句不相屬兼卒章有蝴蝶滿園飛相反後見一相識云過字乃趖字而蝶粉蜂黃乃當時宮中時粧故宋子京蝶戀花云淚落臙脂界破蜂黃淺則知方睡起時宮粧趖盡所見惟一線枕痕耳此說為可據

鶴林玉露云楊東山言道藏經云蝶交則粉退蜂交則黃退周美成詞云蝶粉蜂黃都過了正用此也而說者以為宮粧且以退為趖余因嘆曰區區小詞讀書不博者尚不得其旨况古人

之文章而可聽見安鮮乎

秋望　　趙元禎

慘結秋陰西風送絲絲雨濕凝望眼征鴻幾字暮投沙磧欲往鄉關何處是水雲浩蕩連南北但脩眉一抹有無中遙山色　天涯路江上客腸已斷頭應白空搔首興嘆莫年離陽欲待忘憂除是酒柰酒行欲盡愁無極便挽將江水入樽罍澆胸臆

詠雨　　張安國

斗帳高眠寒窓靜瀟瀟雨意南樓近更移三鼓漏傳一水點點不離楊柳外聲聲只在芭蕉裏也不管滴破故鄉心愁人耳　無似有遊絲細聚復散真珠碎天應分付與別離滋味破我一床蝴蝶夢輸他雙枕鴛鴦睡向此際別有好思量人千里

幽居　　　呂居仁

東里先生家何在山陰溪曲對一川平野數椽茅屋昨夜江頭新雨過門前流水清如玉抱小橋回合柳參天

搖新綠　踈籬下叢叢菊虛簷外蕭蕭竹嘆苦今得失是非榮辱須信人生歸去好世間萬事何時足問此春春醞酒何如今朝熟

苕溪叢話云余性樂閑退一邱一壑蓋將老焉呂居仁所作此詞能具道阿堵中事每一歌之未嘗不擊節也

杜鵑　康伯可

惱殺行人東風裏為誰啼血正青春未老流鶯方歇蝴蝶枕前顛倒夢杏花枝上朦朧月問天涯何事苦關情

思離別　聲一換腸千結閑嶺外江南陌正長堤楊柳

翠條堪折鎮日叮嚀千百遍只將一句頻頻說道不如

歸去不如歸傷情切

尾犯 一名碧芙蓉

秋怨　柳耆卿

夜雨滴空堦孤館夢回情緒蕭索一片閒愁丹青難貌

秋漸老蛩聲正苦夜將闌燈花旋落最無端處總把良

宵祇恁孤眠却　佳人應怪我別後寡信輕諾記得當

初剪香雲為約甚時向深閨幽處按新詞流霞共酌再同懽笑肯把金玉珠珍博

玉漏遲

春景　宋子京

杏香飄禁苑須知自古皇都春早燕子來時繡陌漸薰芳草蕙圃夭桃過雨弄碎影紅篩清沼深院悄綠楊影裏鶯聲低巧　早是賦得多情更對景臨風鎮辜歡笑數曲闌干故人謗勞登眺天際微雲過盡亂峯鎖一

竿斜照歸路杳東風淚零多少

六么令

重陽　周美成

快風收雨亭館清殘燠池光靜橫秋影岸柳如新沐閑道宜城酒美昨日新醅熟輕鑣相逐衝泥策馬來折東籬半開菊　華堂花艷對列一一驚郎目歌韻巧共泉聲間雜琮琤玉惆悵周郎已老莫唱當時曲幽歡難卜明年誰健更把茱萸再三囑

掃地花

春恨　　周美成

曉陰翳日正霧靄烟橫遠迷平楚暗黃萬縷聽鳴禽接曲小腰欲舞細遶回堤駐馬河橋避雨信流去一葉怨題今在何處　春事能幾許任占地持盃掃花尋路淚珠濺俎嘆將愁度日病傷幽素恨入金徽見說文君更苦黯凝竚掩重關遍城鐘鼓

天香

冬景　　王 充

霜瓦鴛鴦風簾翡翠今年甚是寒早矮釘明窗側開朱户斷莫亂教人到重陰未解雲共雪商量不少青帳垂氈要密紅爐放圍宜小　呵梅弄粧試巧繡羅衣瑞雲芝草伴我語時同語笑時同笑已被金樽勸酒又唱箇新詞故相惱盡道窮冬元來恁好

對梅花懷王侍御　　劉方叔

漠漠江皋迢迢驛路天教為春傳信萬木叢邊百花頭

上不管雪飛風緊尋交訪舊惟翠竹寒松相認不意牽詩動興何心襯粧添暈孤標最甘冷落不許蝶親蜂近直自從來潔白箇中清韻儘做重聞塞管也何害香銷粉痕盡待到和羹纔明底緼

燕春臺

春景　張子野

麗日千門紫烟雙闕瓊林又報春回殿閣風微當時去燕還來五侯池館屏開探芳菲走馬重簾人語轔轔車

幰遠近輕雷　雕觴霞灔醉幙雲飛楚腰舞柳宮面粧
梅金猊夜煖羅衣暗裛香煤洞府人歸笙歌燈火樓臺
下蓬萊猶有花上月清影徘徊

滿庭芳

春景　秦少游

晚兔雲開春隨人意驟雨纔過還晴古臺芳榭飛燕蹴
紅英舞困榆錢自落鞦韆外綠水橋平東風裏朱門映柳低
按小秦箏　多情行樂處珠鈿翠蓋金轡紅纓漸酒空

醽醁花困蓬瀛豆蔻梢頭舊恨十年夢屈指堪驚凭欄
久踈烟淡月微映百層城

夏景　周美成

風老鶯雛雨肥梅子午陰嘉樹清圓地卑山近衣潤費
爐烟人静烏鳶自樂小橋外新綠濺濺凭闌久黄蘆苦竹
擬泛九江船　年年如社燕飄流瀚海來寄修椽且莫
思身外長近樽前憔悴江南倦客不堪聽急管繁絃歌
筵畔先安枕簟容我醉時眠

秋思　　秦少游

碧水澄秋黄雲凝暮敗葉零亂空堦洞房久靜斜月照徘徊又是重陽近也幾處處砧杵聲催重門外風摇翠竹疑是故人來　情懷增悵望新歡易失往事難猜問籬邉黄菊知為誰開謾道愁須殢酒酒未醒愁已先回凭欄久金波漸轉白露點蒼苔

冬景　　康伯可

霜幕風簾閒齋小户素蟾初上彫籠玉盃醽醁還與可

人同古鼎沉烟篆細玉笙破橙橘香濃梳粧懶脂輕粉薄約畧淡眉峯 清新歌幾許低隨慢唱語笑相供道文書針線今夜休攻莫厭蘭膏更繼明朝又紛冗匆匆酩酊也冠兒未卸先把被兒烘

晚景 秦少游

山抹微雲天連衰草畫角聲斷譙門暫停征棹聊共飲離樽多少蓬萊舊事空回首烟靄紛紛斜陽外寒鴉數點流水遶孤村 銷魂當此際香囊暗解羅帶輕分謾贏

得秦樓薄倖名存此去何時見也襟袖上空染啼痕傷
情處高城望斷燈火已黃昏

侯鯖錄云晁無咎云近作者皆不及秦少游如
斜陽外寒鴉數點流水遶孤村雖不識字亦知
是天生
好語也

藝苑雌黃云程公闢守會稽少游客焉館之蓬
萊閣一日席上有所悅自爾眷眷不能忘情因
賦長短句所謂多少蓬萊舊事空回首烟靄紛
紛是也其詞極為東坡所稱道取其首句呼之
為山抹微雲君中間有寒鴉數點流水遶孤村
之句人皆以為少游自造此語殊不知亦有本
予在臨安見平江梅知錄云隋煬帝詩云寒鴉
千萬點流水遶孤村少游用此語也予又嘗讀

李義山效徐陵體則更衣云輕寒衣省夜金斗熨沉香乃知少游詞玉籠金斗熨沉香與夫睡起慰沉香玉腕不勝金斗其語亦有來處苕溪云晁無咎謂少游斜陽外寒鴉數點流水遶孤村雖不識字人亦知是天生好言語其襃之如此蓋不曾見煬帝詩耳

佳人　蘇東坡

香醪雕盤寒生氷筯畫堂別是風光主人情重開宴出紅妝膩玉圓搓素頸藕絲嫩新織仙裳雙歌罷虛欄轉月餘韻尚悠颺　人間何處有司空見慣應謂尋常坐中有狂客惱亂愁腸報道金釵墜也十指露春笋纖長

親曾見全勝宋玉想像賦高唐

玉林詞選云柳耆卿有晝夜樂詞云秀香家住桃花徑算神仙才堪並層波細翦明眸膩玉圓搓素頸愛把歌喉當筵逞遏天邊亂雲愁凝言語是嬌鶯一聲聲堪聽　洞房飲散簾幃靜擁香衾歡心稱金爐麝裊青烟鳳帳燭搖紅影無限狂心乘酒興這歡娛漸入佳境猶自怨鄰鷄道秋宵不永蓋為贈妓作也此詞褻以淫不當入選以東坡嘗引用其語故併此詞錄之

警悟　蘇東坡

蝸角虛名蠅頭微利算來著甚干忙事皆前定誰弱又誰強且趁閒身未老儘教我些子疏狂百年裏渾教是

醉三萬六千場　思量能幾許憂愁風雨一半相妨又何須抵死說短論長幸對清風皓月苔茵展雲幙高張江南好千鍾美酒一曲滿庭芳

按詩僧號晦庵者亦有一詞名滿江紅云擾擾勞生待足何時是足據見定隨家豐儉便堪龜縮得意濃時休進步須妨世事多翻覆枉教人白了少年頭空碌碌　誰不頌黃金屋誰不愛千鍾粟算五行不是這般題目枉使心機閒計較兒孫自有兒孫福又何須採藥訪蓬萊但寡慾此詞亦是達觀之見俗以此曲與坡詞作對刋碑刻云

吉席　胡浩然

瀟灑佳人風流才子天然分付成雙蘭堂綺席燭影耀熒煌數幅紅羅繡帳寶粧篆金鴨焚香分明是芙蕖浪裏一對浴鴛鴦 歡娛當此際山盟海誓地久天長願五男二女七子成行男作公卿將相女須嫁君宰侯王從茲去榮華富貴福祿壽無疆

漁舟　　張子野

紅蓼花繁黃蘆葉亂夜深玉露初零霽天空闊雲淡楚江清獨棹孤蓬小艇悠悠過烟渚沙汀金鈎細絲綸慢

捲牽動一潭星　時時橫短笛清風浩月相與忘形任
人笑生涯泛梗飄萍飲罷不妨醉卧塵勞事有耳誰聽
江風靜日高未起枕上酒微醒

鳳凰臺上憶吹簫

離別　李易安

香冷金猊被翻紅浪起來慵自梳頭任寶奩塵滿日上
簾鈎生怕離懷別苦多少事欲說還休新來瘦非干病
酒不是悲秋　休休這回去也千萬遍陽關也則難留

念武陵人遠烟鎖秦樓惟有樓前流水應念我終日凝眸凝眸處從今又添一段新愁

水調歌頭

春半　劉改之

春事能幾許密葉著青梅日高海棠花困風幔想都開不惜春衣典盡只怕春光歸去片片點蒼苔能得幾時好追賞莫俳徊　雨飄紅風撲翠若相催人生行樂且須痛飲莫辭盃坐則高談風月醉則恣眠芳草醒後亦

佳哉湖上新亭好何事不曾來

春行　黃山谷

瑤草一何碧春入武陵溪溪上桃花無數花上有黃鸝我欲穿花尋路直入白雲深處浩氣展虹霓祇恐花深裏紅露濕人衣　坐白石欹玉枕拂金徽謫仙何處無人伴我白螺盃我為靈芝仙草不為朱唇丹臉長嘯亦何為醉舞下山去明月逐人歸

中秋　蘇東坡

明月幾時有把酒問青天不知天上宮闕今夕是何年我欲乘風歸去唯恐瓊樓玉宇高處不勝寒起舞弄清影何似在人間　轉朱閣低綺戶照無眠不應有恨何事長向別時圓人有悲歡離合月有陰晴圓缺此事古難全但願人長久千里共嬋娟

東坡自序云丙辰中秋歡飲達旦大醉作此篇兼懷子由

苕溪漁隱云先君嘗云柳詞鼇山綵結蓬萊島當云綵締坡詞低綺戶當云窺綺戶二字蓋既改其詞益佳

苕溪云中秋詞自東坡水調歌頭一出餘詞盡廢然其後亦豈無佳調如晁次膺綠頭鴨一詞殊清婉但尊俎閒歌喉以其篇長憚唱故湮沒無聞焉其詞云晚雲收淡天一片琉璃爛銀盤來從海底皓色千里澄輝瑩無塵素娥澹佇淨可數丹桂參差玉露初零金風未凜一年無似此佳時向坐久疎星時度烏鵲正南飛瑤臺冷闌干凭暖欲下遲遲念佳人音塵隔後對此應解相思最關情漏聲正永暗斷腸花影漸移料得來宵清光未減陰晴天氣又爭知共凝戀如今別後還是隔年期人縱健清尊素月長願相隨

重陽　　韓無咎

今日我重九莫負菊花開試尋高處攜手躡屐上崔嵬

放目蒼崖萬仞雲護曉霜成陣知我與君來古寺倚竹
修飛攬絕纖埃 笑談間風滿座酒盈盃仙人跨海休
問隨處是蓬萊落日平原西望鼓角秋深悲壯戲馬但
荒臺細把茱萸看一醉且徘徊

詠月 韓子蒼

江山自雄麗風露與高寒寄聲月姊借我玉鑑此中看
幽壑魚龍悲嘯倒影星辰搖動海氣夜漫漫擁起白銀
闕危駐紫金山 表獨立飛玉佩整雲冠漱冰濯雪眇

視萬里一毫端回首三山何處聞道羣仙笑我邀我欲俱還揮手從此去翳鳳更驂鸞

快哉亭　蘇子瞻

落日繡簾捲亭下水連空知君為我新作窗戸濕青紅長記平山堂上欹枕江南煙雨杳杳沒孤鴻認得醉翁語山色有無中　一千頃都鏡淨倒碧峯忽然浪起掀舞一葉白頭翁堪笑蘭臺公子未解莊生天籟剛道有雌雄一點浩然氣千里快哉風

藝苑雌黄云歐陽公送劉貢父守維陽作長短句云平山欄檻倚晴空山色有無中平山堂望江左諸山甚近或以謂永叔短視故云山色有無中東坡笑之因賦快哉亭道其事云長記平山堂上欹枕江南烟雨杳杳没孤鴻認取醉翁語山色有無中蓋山色有無非烟雨不能然也

燭影摇紅

上元　　張材甫

雙闕中天鳳樓十二春寒淺去年元夜奉宸遊曾侍瑶池宴玉殿珠簾盡捲擁羣仙蓬壺閬苑五雲深處萬燭光中揭天絲管　馳隙流年恍如一瞬星霜換今宵誰

念泣孤臣回首長安遠可是塵緣未斷謾惆悵華胥夢短滿懷幽恨數點寒燈幾聲歸雁

上元　吴大年

梅雪初消龎譙吹罷單于晚使君千炬起班春歌吹香風暖十里珠簾盡捲人正在蓬壺閬苑賣薪買酒立馬傳觴昇平重見　誰識鰲頭去年曾侍傳柑宴至今衣袖帶天香行處氤氳滿已是春宵苦短更莫遣歡遊意懶細聽歸路璧月光中玉簫聲遠

春恨　王晉卿

香臉輕勻黛眉巧畫宮粧淺風流天付與精神全在嬌波轉早是縈心可慣更那堪頻頻顧盼幾回得見見了還休爭如不見　燭影搖紅夜闌飲散春宵短當時誰解唱陽關離恨天涯遠無奈雲收雨散凭欄干東風眼淚海棠開後燕子來時黃昏庭院

閨情　孫夫人

乳燕穿簾亂鶯啼樹清明近陽簾時度柳花飛猶覺寒

成陣長記眉峯偷隐臉桃紅難藏酒暈背人微笑半嚲
鸞釵輕籠燀鬢　別久啼多眼應不似當時俊滿園珠
翠逞春嬌没個他風韻若見賓鴻試問待相將絲牋寄
恨幾時得見鬭草歸來雙鴛微潤

塞垣春

愁秋　　周美成

暮色分平野傍葦岸征帆卸烟村極浦樹藏孤館秋景
如畫漸別離氣味難禁也更物象供瀟洒念多才渾衰

減一懷幽恨難寫　追念綺窗人天然自風韻嫻雅竟夕起相思謾嗟怨遙夜又還將兩袖珠淚沉吟向寂寥寒燈下玉骨為多感瘦來無一把

倦尋芳

春景　王元澤

露晞向曉簾幙風輕小院閒晝翠逕鶯來驚下亂紅鋪繡倚危樓登高榭海棠着雨胭脂透算韶華又因循過了清明時候　倦遊燕風光滿目好景良辰誰共攜手

恨被榆錢買斷兩眉長鬬憶得高陽人散後落花流水仍依舊這情懷對東風盡成消瘦

春閨 蘇養直

獸鐶半掩鴛鴦無塵庭院瀟灑樹色沉沉春盡燕嬌鶯姹夢草池塘青漸滿海棠軒檻紅相亞聽簫聲記秦樓夜約彩鸞齊跨 漸迤邐更催銀箭何處貪花猶繫嬌馬旋剪燈花兩點翠眉誰畫香減處回空帳裏月高猶在重簾下恨疎狂待歸來碎揉花打

黄鶯兒

詠鶯　柳耆卿

園林晴晝春誰主暖律潛催幽谷暄和黄鸝翩翩乍遷芳樹觀露濕縷金衣葉映如簧語曉來枝上綿蠻似把芳心深意低訴　無據乍出暖烟來又趂遊蜂去恣狂蹤跡兩兩相呼黄昏霧吟風舞當上苑柳濃時別館花深處此際海燕偏饒都把韶光與

漢宫春

元宵 康伯可

雲海沉沉峭寒收建章雪殘鳷鵲華燈照夜萬井禁城行樂春隨鬓影映參差柳絲梅萼丹禁杳鰲峰對聳三山上通寥廓　春衫繡羅香薄步金蓮影下三千綽約氷輪桂滿皓色冷侵樓閣霓裳帝樂奏昇平天風吹落留鳳輦通宵宴賞莫放漏聲閒却

花庵詞客云此伯可在慈寧殿元夕被旨作

上元前一日立春 京仲遠

暖律初回，又燒燈市井賣酒樓臺誰將星移萬點月滿千街輕車細馬隘連衢蹴起香埃今歲好土牛作伴挽留春色同來 不是天公省事要一時壯觀特地安排何妨絲樓鼓吹綺席樽罍良宵勝景語邦人莫惜俳佪休笑我癡頑不去年年爛醉金釵

詠梅　　晁叔用

瀟洒江梅向竹梢深處橫兩三枝東君也不愛惜雪壓風欺無情燕子怕春寒輕失佳期惟是有南來歸雁年

年長見閒時　清淺小溪如練問玉堂何似茅舍疎籬傷心故人去後冷落新詩微雲淡月對孤芳分付他誰空自倚清香未減風流不在人知

苕溪漁隱云此詞用玉堂事乃引用薛維翰白玉堂前一樹梅詩事或云宮花之玉堂非也又云曾端伯編樂府雅詞以此詞為李漢老作非也乃晁叔用作政和間以獻蔡攸是時朝廷方興大晟府蔡攸携此詞呈其父云今日於樂府中得一人京覽其詞喜之即除大晟府云

聲聲慢

莫景　劉巨濟

莫陰雲重雨細絲輕園林霧烟如織殿閣風微簾外燕

喧鶯寂池塘彩鴛戲水露荷飜千點珠滴閒晝永稱瀟

湘竿斐爛柯仙客　日午槐陰低轉茶甌罷清風頓生

雙腕碾玉盤深朱李靜沉寒碧明儕閒歌白雪卸巾紗

樽俎狼籍有皓月照黃昏眠又未得

醉蓬萊

上巳　葉少蘊

問春風何事斷送繁紅便擕歸去牢落征途笑行人羈

旅一曲陽關斷雲殘靄做渭城朝雨欲寄離愁綠陰千囀黃鸝空語　遥想湖邊浪揺空翠絃管風高亂花飛絮曲水流觴有山翁行處翠袖朱欄故人應也弄畫船煙浦會寫相思尊前為我重翻新句

中秋　謝幼槃

望晴峯染黛暮靄澄空碧天無漢圓鏡高飛又一年秋半皓色誰同歸心暗折聽唳雲孤雁閒月停盃錦袍何處一樽無伴　好在南鄰詩盟酒社刻燭爭成引觴愁

綫今夕樽中繼阿連清玩飲劇狂歌歌終起舞醉冷光零亂樂事難窮陳星易曉又成浩歎

帝臺春

春恨　李景元

芳草碧色萋萋遍南陌飛絮亂紅也似知人春愁無力憶得盈盈拾翠侶共携賞鳳城寒食到今來海角逢春天涯行客　愁旋釋還似織淚暗拭又偷滴謾遍倚危欄儘黄昏也只是暮雲凝碧拚則而今已拚了忘則怎

生便忘得又還問鱗鴻試重尋消息

八聲甘州

送參寥子 蘇東坡

有情風萬里捲潮來無情送潮歸問錢塘江上西河浦口幾度斜暉不用思量今古俯仰昔人非誰似東坡老白首忘機 記取西湖西畔正暮山好處空翠烟霏詩人相得如我與君稀約他年東還海道願謝公雅志莫相違西州路不應回首為我沾衣

苕溪漁隱云晉書謝安雖受朝寄然東山之志始末不渝每形於言色及鎮新城盡室而行造海之裝欲須經略粗定自海道還東雅志未就遂遇疾篤還都尋薨羊曇為安所愛重安薨後輟樂彌年行不由西州路嘗因大醉不覺至州門左右白曰此西州門也曇悲感以馬策扣扉誦曹子建詩曰生存華屋處零落歸山邱因慟哭而去東坡用此故事若世俗之論必以為成讖矣然其詞石刻後東坡題云元祐六年三月六日余以東坡年譜考之元祐四年知杭州六年召為翰林學士承旨則此詞蓋此時作也自後復守潁徙揚入長禮曹出帥定武至紹聖元年方南遷猶表建中靖國元年北歸至常乃薨凡十一載則世俗成讖之論果足信耶

追和東坡韻　鼂無咎

謂東坡未老賦歸來天未遣公歸向西湖兩處秋波一種飛靄澄暉又擁竹西歌吹僧老木蘭非一笑千秋事浮世危機　莫倚平山欄檻是醉翁飲處江雨霏霏送孤鴻揮手相接眼中稀念平生相從江海任飄蓬不遣此心違登臨事更何須惜吹帽淋衣

夏初臨

夏景　劉臣濟

泛水新荷舞風輕燕園林夏日初長庭樹陰濃雛鶯學

弄新黄小橋飛入横塘跨青蘋綠藻幽香朱欄斜倚霜紈未摇衣袂先凉　歌歡稀遇怨别多同路遥水遠烟淡梅黄輕衫短帽相携洞府流觴况有紅粧醉歸來寶蠟成行拂牙床紗厨半開月在迴廊

慶清朝慢

春遊　王通叟

調雨為酥催冰做水東風分付春還何人便將輕暖點破殘寒結伴踏青去好平頭鞋子小雙鸞烟柳外望中

秀色如有無閒　晴則个陰則个餖飣得天氣有許多般須教撩花撥柳爭要先看不道吳綾繡襪香泥斜沁幾行斑東風巧盡收翠綠吹在眉山

玉林詞話云風流楚楚詞林中之佳公子也世為柳耆卿工為浮艷之詞方之此作蔑矣集名冠柳豈偶然哉春遊踏青一詞又不獨冠柳詞之上者也

玲瓏四犯

春思　周美成

穠李夭桃是舊日潘郎親試春艷自別河陽長負露房

相臉憔悴鬢點吳霜念想夢魂飛亂嘆畫欄玉砌都換
纔始有緣重見　夜深偷展香羅薦暗窗前醉眠葱蒨
浮花浪蘂都相識誰更曾擡眼休問舊色舊香但認取
芳心一點又片時一陣風雨惡吹分散

雙雙燕

詠燕　史邦卿

過春社了度簾幕中間去年塵冷差池欲住試入舊巢
相並還相雕梁藻井又軟語商量不定飄然快拂花梢

翠尾分開紅影　芳徑芹泥雨潤愛貼地爭飛競誇輕俊紅樓歸晚看足柳昏花暝應自棲香正穩便忘了天涯芳信愁損翠黛雙蛾日日畫欄獨凭

玉林詞話云姜堯章極稱賞柳昏花暝之句形容雙燕亦曲盡其妙矣

孤鸞

早梅　朱希真

天然標格是小蕚堆紅芳姿凝白淡竚新粧淺點壽陽宮額東君想留厚意倩年年與傳消息昨夜前村雪裏

有一枝花折　念故人何處水雲隔縱驛使相逢難寄
春色試問丹青手是怎生描得曉來一番雨過更那堪
數聲羌笛歸去和羹未晚勸行人休摘

瑣窗寒

寒食　　周美成

暗柳啼鴉單衣竚立小簾朱户桐花半畝靜鎖一庭愁
雨洒空堦更闌未休故人剪燭西窗語似楚江暝宿風
燈零亂少年羇旅　遲暮嬉遊處正店舍無烟禁城百

五旗亭喚酒付與高陽儔侶想東園桃李自春小唇秀
靨今在否到歸時定有殘英待客攜樽俎

高陽臺

春思　　僧皎如晦

紅入桃腮青回柳眼韶華已破三分人不歸來空教草
怨王孫平明幾點催花雨夢半闌欹枕初聞問東君因
甚將春老却閒人　東郊十里香塵旋安排玉勒整頓
雕輪趁取芳時共尋島上紅雲朱衣引馬黃金帶筭到

頭總是虛名莫閒愁一半悲秋一半傷春

金菊對芙蓉

秋怨　康伯可

梧葉飄黃萬山空翠斷霞流水爭輝正金風西起海燕東歸凭欄不見南來雁望故人消息遲遲木樨開後不應悮我好景良時　只念獨守孤幃把枕前囑付一旦分飛上秦樓遊賞酒殢花迷誰知別後相思苦悄為伊瘦損香肌花前月下黃昏院落珠淚偷垂

重陽　　辛幼安

遠水生光遥山聳翠霽烟深鎖梧桐正零瀼玉露淡蕩金風東籬菊有黃花吐對映水幾簇芙蓉重陽佳致可堪此景酒釅花濃　追念景物無窮嘆少年胷襟忒煞英雄把黃英紅萼甚物堪同除非腰佩黃金印座中擁紅粉嬌容此時方稱情懷盡拚一飲千鍾

桂花　　僧仲殊

花則一名種分三色嫩紅妖白嬌黃正清秋佳景雨霽

風涼郊墟十里飄蘭麝瀟灑處旖旎非常自然風韻閒時不惹蝶亂蜂狂　携酒獨揖蟾光問花神何屬離兑中央引騷人乘興廣賦詩章幾多才子爭攀折嫦娥道三種清香狀元紅是黄為榜眼白探花郎

玉蝴蝶

春思　晁叔用

目斷江南千里灞橋一望烟水微茫盡鎖重門人去暗惜流光雨輕輕梨花院落風淡淡楊柳池塘恨偏長佩

沅湘浦雲散高唐　清狂重來一夢手搓梅子煑酒新嘗寂寞經春小橋依舊燕飛忙玉鈎欄凭多漸暖金縷枕別久猶香最難忘看花南陌待月西廂

春遊　柳耆卿

漸覺東郊明媚夜來膏雨一洗塵埃滿目淺桃深杏露染烟裁銀塘靜魚鱗簟展烟岫翠龜甲屏開殷晴雷雲中鼓吹遊徧蓬萊　徘徊隼旟前後三千珠履十二金釵雅俗熙熙下車成宴盡春臺好雍容東山妓女堪箋

傲北海樽罍且追陪鳳池歸去那更重來

秋思　柳耆卿

望處雲收雨斷凭闌悄悄目送秋光晚景蕭疏堪動宋玉悲涼水風輕蘋花漸老月露冷梧葉飄黄遣情傷故人何在烟水茫茫　難忘文期酒會幾辜風月屢變星霜海闊山遥未知何處是瀟湘念雙燕難憑遠信指暮天空識歸航黯相望斷鴻聲裏立盡斜陽

秋思　高賓王

喚起一襟涼思未成晚雨先做秋陰楚客悲殘誰解此意登臨古臺荒斷霞斜照新夢黯微月疏砧總難禁盡將幽恨分付孤斟　從今倦看青鏡既遲勲業可負煙林斷梗無憑歲華搖落又驚心想蓴汀水雲愁凝閒蕙帳猿鶴悲唫信沉沉故園歸計休更侵尋

渡江雲

春景　周美成

晴嵐低楚甸暖回鴈翼陣勢起平沙驟驚春在眼借問

何時委曲到山家塗香暈色盛粉飾爭作妍華千萬絲陌頭楊柳漸漸可藏鴉　堪嗟清江東注畫舸西流指長安日下愁宴闌風颭旗尾潮濺烏紗今朝正對初弦月傍水驛深艤蒹葭沉恨處時時自剔燈花

絳都春

上元　丁仙現

融和又報乍瑞靄霽色皇州春早翠幰競飛玉勒爭馳都門道鰲山結綵蓬萊島向晚色雙龍銜照絳綃樓上

彤芝盖底仰瞻天表　縹緲風傳帝樂慶三殿共賞群仙同到迤邐御香飄滿人間聞嬉笑須臾一點星毬小漸隱隱鳴梢聲杳遊人月下歸來洞天未曉

清明　劉叔安

和風乍扇又還是去年清明重到喜見燕子巧説千般如人道墻頭陌上青梅小是處有閑花芳草偶然思想前歡醉賞牡丹時候　當此三春媚景好連宵恣樂情懷歌酒縱有珠珍難買紅顏長年少從他烏兔茫茫走

更莫待花殘鶯老恁時歡笑休把萬金換了

梅花　朱希真

寒陰漸曉報驛使探春南枝開早粉蘂弄香芳臉凝酥瓊枝小雪天分外精神好向白玉堂前應到化工不管朱門閑也暗傳音耗　輕渺盈盈笑靨稱嬌面愛學宮粧新巧幾度醉吟獨倚欄干黃昏後月籠疎影橫斜照更莫待單于吹老便須折取歸來膽鉼頓了

念奴嬌　一名酹江月一名赤壁詞一名大江東去一名百字令一

春情

李易安

蕭條庭院有斜風細雨重門須閉寵柳嬌花寒食近種種惱人天氣險韻詩成扶頭酒醒別是閒滋味征鴻過盡萬千心事難寄　樓上幾日春寒簾垂四面玉欄干慵倚被冷香銷新夢覺不許愁人不起清露晨流新桐初引多少遊春意日高烟斂更看今日晴未

荷花

水楓葉下乍湖光清淺涼生商素西帝宸遊羅翠蓋擁出

三千宮女絳綵嬌春鉛華掩晝占斷鴛鴦浦歌聲揺曳
浣紗人在何處　別岸孤裊一枝廣寒宮殿冷落棲愁
苦雪艷氷肌羞淡泊偷把胭脂勻注媚臉籠霞芳心泣
露不肯為雲雨金波影裡為誰長恁凝竚

遶佛閣

旅況　周美成

暗塵四斂樓觀迥出高映孤館清漏將短厭聞夜久籖
聲動書幔桂華又滿閒步露草偏愛幽遠花氣清婉望

中迤邐城陰度河岸　倦客最蕭索醉倚斜橋穿柳線還似汴堤虹梁橫水面看浪颭春燈舟下如箭此行重見歎故友難逢羈思空亂兩眉愁向誰舒展

解語花

元宵　周美成

風銷焰蠟露浥烘爐花市光相射桂華流瓦纖雲散耿耿素娥欲下衣裳淡雅看楚女纖腰一把簫鼓喧人影參差滿路飄香麝　因念帝城放夜望千門如畫嬉笑

遊冶鈿車羅帕相逢處自有暗塵隨馬年光是也惟只見舊情衰謝清漏移飛蓋歸來從舞休歌罷

慶春澤

上元　　劉叔安

燈火烘春樓臺浸月良宵一刻千金錦步承蓮彩雲簇仗難尋蓬壺影動星毬轉映兩行寶珥瑶簪恣嬉遊玉漏聲催未歇芳心　笙歌十里誇張地記年時行樂憔悴而今容裏情懷伴人閑笑閑吟小桃未靜劉郎老把

相思細寫瑤琴怕歸來紅紫欺風三徑成陰

萬年歡

元宵　　胡浩然

燈月交光漸輕風布煖先到南國羅綺嬌容十里絳紗籠燭花艷驚郎醉目有多少佳人如玉春衫袂整整齊齊內家新樣粧束　歆情未足更闌謾勻牽舊恨縈亂心曲悵望歸期應是紫姑頻卜暗想雙眉對戲斷絃待鸞膠重續休迷戀野草閒花鳳簫人在金谷

玉燭新

梅花　周美成

溪源新臘後見數朶江梅剪裁初就暈酥砌玉芳英嫩故把春心輕漏前村昨夜想弄月黃昏時候孤岸峭踈影橫斜濃香暗沾襟袖　樽前付與多才問嶺外風光故人知否壽陽謾鬭終不似照水一枝清瘦風嬌雨秀好亂插繁花盈首須信道羌笛無情看看又奏

梅孫濟師有落梅詞菩薩蠻云數聲羌笛吹嗚咽玉溪半夜梅翻雪江月正茫茫斷橋流水香

含章春欲暮落日千山雨一點著枝酸吳姬先齧寒亦是用羌笛奏落梅之事今併附於此

木蘭花慢

重陽　京仲遠

筭秋來景物皆勝賞況重陽正露冷欲霜輕烟不雨玉宇開張蜀人從來好事遇良辰不肯負時光藥市家家簾幙酒樓處處絲簧　婆娑老子興難忘聊復與平章也隨分登高茱萸綴席菊蕊浮觴明年未知健否笑杜陵底事獨淒涼不道頻開笑口年年落帽何妨

桂枝香 一名疎簾淡月

秋旅

張宗瑞

梧桐雨細漸滴作秋聲被風驚碎潤逼衣篝綫裊蕙爐沉水悠悠歲月天涯醉一分秋一分憔悴紫簫吹斷素牋恨切夜寒鴻起　又何苦淒涼客裡草堂春綠竹溪空翠落葉西風吹老幾番塵世從前諳盡江湖味聽商歌歸興千里露侵宿酒疎簾淡月照人無寐

金陵懷古

王介甫

登臨送目正故國晚秋天氣初肅瀟灑澄江似練翠峯如簇征帆去棹殘陽裏背西風酒旗斜矗綵舟雲淡星河鷺起圖畫難足 念自昔豪華競逐歎門外樓頭悲恨相續千古憑高對此謾嗟榮辱六朝舊事隨流水但寒煙衰草凝綠至今商女時時尚歌後庭遺曲

古今詞話云金陵懷古諸公寄詞於桂枝香凡二十餘首獨介甫最為絕唱東坡見之不覺嘆息曰此老乃野狐精也

憶舊遊

春恨

周美成

記愁横淺黛淚洗紅鉛門掩秋宵墜葉驚離思聽寒螿夜泣亂雨瀟瀟鳳釵半脫雲鬢窗影燭花摇漸暗竹敲涼疎螢照曉兩地魂銷迢迢問音信道徑底花陰時認鳴鑣也擬臨朱户嘆因郎憔悴羞見郎招舊巢更有新燕楊柳拂河橋但滿眼京塵東風竟日吹露桃

草堂詩餘卷三

草堂詩餘卷四

長調

水龍吟

春遊　陸務觀

摩訶池上追遊路紅綠參差春晚韶光妍媚海棠如醉桃花欲暖挑菜初閑禁烟將近一城絲管看金鞍爭道香車飛蓋爭先占新亭館　惆悵年華暗換黯

銷魂雨收雲散鏡奩掩月釵梁折鳳秦箏斜雁身在天涯亂山孤壘危樓飛觀歎春來只有楊花和恨向東風滿

春恨　陳同甫

鬧花深處層樓畫簾半捲東風軟春歸翠陌平莎茸嫩垂楊金淺遲日催花淡雲閣雨輕寒輕暖恨芳菲世界游人未賞都付與鶯和燕　寂寞憑高念遠向南樓一聲歸雁金釵鬬草青絲勒馬風流雲散羅綬分香翠綃封

淚幾多幽怨正銷魂又是疎烟淡月子規聲斷

清明　劉叔安

弄晴臺館收烟候時有燕泥香墜宿酲未解單衣初試騰騰春思前度桃花去年人面重門深閑記彩鸞別後青驄歸去長亭路芳塵起　十二屏山遍倚任蒼苔點紅如綴黃昏人靜暖香吹月一簾花碎芳意婆娑緑陰風雨畫橋烟水笑多情司馬留春無計濕青衫淚

贈妓　秦少游

小樓連苑橫空下窺繡轂雕鞍驟踈簾半捲單衣初試清明時候破暖輕風弄晴微雨欲無還有賣花聲過盡垂楊院落紅成陣飛鴛甃　玉佩丁東別後悵佳期參差難又名韁利鎖天還知道和天也瘦花下重門柳邊深巷不堪回首念多情但有當時皓月照人依舊

高齋詩話秦少游在蔡州與營妓婁婉字東玉者甚密贈之詞云小樓連苑橫空又曰玉佩丁東別後是也又贈妓陶心兒詞南歌子云玉漏迢迢盡銀漢淡淡橫夢回宿酒未全醒已被鄰雞催起怕天明　臂上妝猶在襟間淚尚盈水邊登火漸人行天外一鉤殘月帶三星末句以

心字也

慶壽　辛幼安

渡江天馬南来幾人真是經綸手長安父老新亭風景

可憐依舊夷甫諸人神州沉陸幾曾回首筭平戎萬里

功名本是真儒事君知否　況有文章山斗對桐陰滿庭

清晝當年墮地而今試看風雲奔走緑野風烟平泉草

木東山歌酒待他年整頓乾坤事了為先生壽

詠笛　蘇東坡

楚山脩竹如雲異材秀出千林龍鬚半翦鳳膺微漲玉肌勻繞木落淮南雨晴雲夢月明風梟自中郎不見桓伊去後知辜負秋多少　聞道嶺南太守後堂深綠珠嬌小綺窗學弄梁州初遍霓裳未了嚼徵含宮泛商流羽一聲雲杪為使君洗盡蠻風瘴雨作霜天曉

梨花　　周美成

素肌應怯餘寒艷陽占盡青蕪地樊川照日靈關遮路殘紅斂避傳火樓臺妒花風雨長門深閉亞簾櫳半濕

一枝在手偏勾引得黃昏淚　別有風前月底布繁英
滿園歌吹朱鉛退盡潘妃却酒昭君乍起雪浪翻空粉
裳縞夜不成春意恨玉容不見瓊英謾好與何人比

楊花　　蘇東坡

似花還似非花也無人惜從教墜拋街傍路思量却似
無情有思縈損柔腸困酣嬌眼欲開還閉夢隨風萬里
尋郎去處又還被鶯呼起　不恨此花飛盡恨西園落
紅難綴曉來雨過遺蹤何在一池萍碎春色三分二分

塵土一分流水細看来不是楊花點點是離人淚

曲洧舊聞云章質夫水龍吟詠楊花共命意用事清灑可喜東坡和之若豪放不入律吕徐而視之聲韻諧婉便覺質夫詞有織繡工夫晁叔用云東坡如毛嬙西施淨洗却面與天下婦人鬬好質夫豈可比那

瑞鶴仙

上元　康伯可

瑞烟浮禁苑正絳闕春回新正方半氷輪桂華滿溢花衢歌市芙容開遍龍樓兩觀見銀燭星毬有爛捲珠簾

盡日笙歌盛集寶釵金釧　堪羨綺羅叢裏蘭麝香中
正宜遊翫風柔夜暖花影亂笑聲喧閙蛾兒滿路成團
打塊簇著冠兒鬬轉喜皇都舊日風光太平再見

玉林詞話云伯可渡江初有聲樂府受知泰申王王薦於高宗皇帝以六詞待詔金馬門凡中興粉飾治具及慈寧歸養兩宮歡集必假伯可之歌詠故應制之詞為多按此詞進入太上皇帝極稱賞風柔夜暖以下數句至於末章賜金甚厚

春情　歐陽永叔

臉霞紅印枕睡覺来冠兒還是不整屏間麝煤冷但眉

山壓翠淚珠彈粉堂深晝永燕交飛風簾露井恨無人
與說相思近日帶圍寬盡　重省殘燈朱幌淡月紗窗
那時風景陽臺路遠雲雨夢便無準待歸來先指花梢
教看却把心期細問問因循過了青春怎生意穩

春遊　周美成

悄郊原帶郭行路永客去車塵漠漠斜陽映山落斂餘
紅猶戀孤城欄角凌波步弱過短亭何用素約有流鶯
勸我重解繡鞍緩引春酌　不記歸時早暮上馬誰扶醒

眠朱閣驚飈動幕扶残醉遶紅藥歎西園已是花深無地
東風何事又惡任流光過却猶喜洞天自樂

醉翁亭　黄山谷

環滁皆山也望蔚然深秀琅琊山也山行六七里有翼
然泉上醉翁亭也翁之意也得之心寓之醉也　更野芳
佳木風高石出景無窮也　游也山肴野蔌酒洌泉香沸
觥籌也太守醉也諠譁衆賓歡也況宴酣之樂非絲非
竹太守樂其樂也問當時太守　謂誰醉翁是也

慶春宮

秋怨　周美成

雲接平岡山圍寒野路回漸轉孤城弱柳啼鴉驚風驅鴈動人一井秋聲倦途休駕淡烟裏微茫見星塵埃憔悴生怕黄昏離思牽縈　華堂舊日逢迎花艷參差香霧飄零絃管當頭偏憐嬌鳳夜深簧暖笙清眼波傳意恨密約匆匆未成許多煩惱只為當時一餉留情

拜星月慢

秋怨　周美成

夜色催更清塵收露小曲幽坊月暗竹檻燈窗識秋娘庭院笑相遇似覺瓊枝玉樹暖日明霞光爛水眄蘭情總平生稀見　圖畫中舊識春風面誰知道自到瑤臺畔眷戀雨潤雲溫苦驚風吹散念荒寒寄宿無人館重門閉敗壁秋蟲歎怎奈向一縷相思隔溪山不斷

石州慢

感舊　張仲宗

寒水依痕春意漸囬沙際烟闊溪梅晴照生香冷蘂數枝争發天涯舊恨試看幾許消魂長亭門外山重疊不盡眼中青怕黄昏時節　情切畫樓深閉想見東風暗消肌雪辜負枕前雲雨樽前花月心期切處更有多小凄涼殷勤留與歸時說到得再相逢恰經年離别

晝錦堂

閨情　周美成

雨洗桃花風飄柳絮日日飛滿雕簷懊恨一春幽恨盡

厲眉尖愁聞雙飛新燕語更堪孤枕宿醒忺雲鬟亂獨
步畫堂輕風暗觸珠簾　多厭晴晝永瓊戶悄香銷金獸
慵添自與蕭郎別後事事俱嬾短歌新曲無心理鳳簫
龍管不曾拈空惆悵長是每年三月病酒懨懨

南浦

旅況　　魯逸仲

風悲畫角聽單于三弄落譙門投宿駸駸征騎飛雪滿
孤村酒市漸閒燈火正敲牕亂葉舞紛紛送數聲驚鴈

下離烟水嘹唳度寒雲　好在半朧溪月到如今無處不銷魂故國梅花歸夢愁損緑羅裙為問暗香閒艶也相思萬點付啼痕筭翠屏應是兩眉餘恨倚黄昏

氐州第一

秋思　周美成

波落寒江村渡向晚遥看數點帆小亂葉翻鴉驚風破鴈天角孤雲縹緲官柳蕭疎甚上掛微微殘照景物關情川途換目頓来催老　漸解狂朋歡意少奈猶被思

牽情繞座上琴心機中錦字皋皋縈懷抱也知人懸望久薔薇謝歸来一笑欲夢高唐未成眠霜空已曉

宴清都

春閨　　何籀

細草沿堦軟紅日薄惠風輕靄微暖東君靳惜桃英尚小柳芽猶短羅幃繡幙高捲早已是歌慵笑嬾凭畫樓那更天遠山遠水遠人遠　堪怨傅粉疎狂竊香俊雅無計拘管青絲絆馬紅纓繫羽甚處迷戀無言淚珠零

亂翠袖儘重重漬遍故要得別後思量歸時覷見

秋思　　周美成

地僻無鐘鼓殘燈滅夜長人倦難度寒吹斷梗風翻暗雨灑窗填户賓鴻謾説傳書筭過盡千儔萬侶始信得庾信愁多江淹恨極須賦　凄涼病損文園徽絃乍拂音韻先苦淮水夜月金城暮草夢魂飛去秋霜半入青鏡嘆帶眼都疑舊處更久長不見文君歸時認否

齊天樂

端午

疎疎幾點黃梅雨佳時又逢重午角黍包金香蒲切玉風物依然荊楚衫裁艾虎更釵裊朱符臂纏紅縷撲粉香綿喚風綾扇小窗午　沉湘人已去遠勸君休對景感時懷古謾囀鶯喉輕敲象板勝讀離騷章句荷香暗度漸引入醄醄醉鄉深處臥聽江頭畫船喧疊鼓

花犯

梅花　周美成

粉牆低梅花照眼依然舊風味露痕輕綴疑淨洗鉛華無限佳麗去年勝賞曾孤倚冰盤共宴喜更可惜雪中高樹香篝熏素被　今年對花最匆匆相逢似有恨依依愁悴凝望人人苔上旋看飛墜相將脆圓薦酒人正在空江烟浪裏但夢想一枝瀟灑黄昏斜照水

玉林詞選云此只詠梅花而紆餘反覆道盡三年間事昔人謂好詩圓美流轉如一丸余於此詞亦云愚謂此為梅花第一

喜遷鶯

立春　胡浩然

譙門殘月聽畫角曉寒梅花吹徹瑞日烘雲風和解凍青帝乍臨東闕暖向土牛簫鼓天路珠簾高揭最好是戴綵幡春勝釵頭雙結　奇絶開宴處珠履玳簪俎豆爭羅列舞袖翩翻歌喉縹緲壓倒柳腰鶯舌勸我時相納還把金爐香爇願歲歲且一卮春酒長陪佳節

雙溪老人云浩然此詞先紀節序次述宴賞末歸應時納祐一一歸宿

閏元宵　吴子和

銀蟾光彩喜稔歲閏正元宵還在樂事難并佳時罕遇
依舊試燈何礙花市又移星漢蓮炬重芳人海盡勾引
徧嬉遊寶馬香車喧隘　晴快天意教人月更圓償足
風流債媚柳烟濃夭桃紅小景物迥然堪愛巷陌笑聲
不斷襟袖餘香仍在待歸也便相期明日踏青挑菜

端午

梅霖初歇正絳色海榴爭開佳節角黍包金香蒲
切玉是處玳筵羅列鬬巧盡輸年少玉腕綵絲雙結艤

綵舫見龍舟兩兩波心齊發　奇絶難畫處激起浪花翻作湖間雪畫鼓轟雷紅旗掣電奪罷錦標方徹望中水天日暮猶自珠簾高揭棹歸晚載荷香十里一鈎新月

慶壽　　康伯可

臘殘春早正簾幙護寒樓臺清曉寶運當千佳辰餘五嵩嶽誕生元老帝遣阜安宗社人仰雍容廊廟盡總道是文章孔孟勳庸周召　師表方眷遇魚水君臣須信

從来少玉帶金魚朱顏綠鬢占斷世間榮耀篆刻鼎彝將遍整頓乾坤都了願歲歲見柳梢青淺梅英紅小

按此詞語意儘佳惜皆媚竈之語蓋為檜相作耳

春雲怨

上巳　馮偉壽

春風惡劣把數枝香錦和鶯吹折雨重柳腰嬌困燕子欲扶扶不得軟日烘烟乾風吹霧芍藥荼蘼弄顏色一幙輕陰圖書清閏日永篆香絶　盈盈笑靨宮黄額試

紅鸞小扇丁香雙結團鳳眉心倩郎貼教洗金疊共看
西堂醉花新月曲水成空麗人何處往事暮雲萬葉
春從天上來

感舊　吳彥章

海角飄零嘆漢苑秦宮墜露飛螢夢裏天上金屋銀屏
歌吹競舉青冥問當時遺譜有絕藝鼓瑟湘靈促哀彈
似林鶯嚦嚦山溜泠泠　梨園太平樂府醉幾度春風
鬢變星星舞徹中原塵飛滄海風雪萬里龍庭寫孤笳

幽怨入憔悴不似丹青酒微醒一軒涼月燈火青螢

彥高序云會寧府遇老姬善鼓瑟自言梨園舊籍曰有感而賦此後三山鄭中卿嘗從張貴謨使番亦聞番中有歌之者

綺羅香

春雨　史邦卿

做冷欺花將烟困柳千里偷催春暮盡日冥迷愁裏欲飛還住驚粉重蝶宿西園喜泥潤燕歸南浦最妨他佳約風流鈿車不到杜陵路　沉沉江上望極還被春潮

急難尋官渡隱約遙岑和淚謝娘眉嫵臨斷岸新綠生時是落紅帶愁流處記當日門掩梨花剪燈深夜語

玉林詞語云陽斷崇以下數語姜堯章稱賞謂梅溪之詞蓋能融情景於一家會句意於兩得其調是與

雨霖鈴

秋別　柳耆卿

寒蟬淒切對長亭晚驟雨初歇都門暢飲無緒方留戀處蘭舟催發執手相看淚眼竟無語凝咽念去去千里烟

波暮靄沉沉楚天闊　多情自古傷離別更那堪冷落
清秋節今宵酒醒何處楊柳岸曉風殘月此去經年應
是良辰好景虛設便總有千種風情更與何人說

水遇樂

春情　　解方叔

風暖鶯嬌露濃花重天氣和煦院落幽閒垂楊舞困無
奈堆金縷誰家巧縱青樓絃管惹起夢雲情緒憶當時錦
衾繁枕未嘗暫孤鴛侶　芳菲方老故人難聚到此翻

成輕誤閬苑仙遥鸞牋縱寫何計傳深訴青山緑水古
今長在惟有舊歡何處空贏得斜陽暮草淡烟細雨
送入我門来

除夕　　胡浩然

荼壘安扉靈馗掛户神儺烈竹轟雷動念流光四序式
週回須知今歲今宵盡似頓覺明年明日催向今夕是
處迎春送臘羅綺筵開　古今偏同此夜賢愚共添一
歲貴賤仍偕互祝遐齡山海固難摧石崇富貴籛鏗壽

更潘岳儀容子建才仗東風盡力一齊吹送入此門来

歸朝歡

春遊　馬莊父

聽得提壺沽美酒人道杏花深處有杏花狼籍鳥啼風十分春色今無九麝煤銷永晝青烟飛上庭前柳畫堂深不寒不暖正是好時候　團團寶月憑纖手暫借歌喉招舞袖珍珠滴破小槽紅香肌縮盡纖羅瘦投分須白首黄金散與親和舊且銜盃壯心未落風月長相守

春閨　張子野

聲轉轆轤聞露井曉引銀瓶牽素綆西園人語夜來風叢英飄墮紅成逕寶猊煙未冷蓮臺香蠟殘痕凝等身金誰能得意買此好光景　粉落輕妝紅玉瑩月枕橫釵雲墜領有情無物不雙栖文禽只合常交頸晝夜歡豈定爭如翻作春宵永日曈曨嬌柔嬾起簾壓捲花影

花心動

春景　阮逸女

仙苑春濃小桃開枝枝已堪攀折乍雨乍晴輕暖輕寒漸近賞花時節柳搖臺榭東風軟簾櫳靜幽禽調舌斷魂遠閑尋翠徑頓成愁結　此恨無人共說還立盡黃昏寸心空切強整繡衾獨掩朱扉簟枕為誰鋪設夜長宮漏傳聲遠紗牕暎銀缸明滅夢回處梅梢半籠淡月

瀟湘逢故人慢

初夏　王和甫

薰風微動方榴花弄色萱草成窩翠幃敞輕羅試氷簟

初展幾尺湘波疎簷廣厦稱瀟湘一枕南柯引多少夢

魂歸緒洞庭雨棹烟簑　驚回處閑晝永更時時燕雛

鶯友相過正緑影婆娑況庭有幽花池有新荷青梅煮

酒幸隨分贏取高歌功名事到頭終在歲華忍負清和

應天長

寒食　　周美成

條風布暖霏霧弄晴池塘遍滿春色正是夜堂無月沉

沉暗寒食梁間燕前社客似笑我閉門愁寂亂花過隔

院芸香滿地狼籍　長記那回時邂逅相逢郊外駐油
壁又見漢宮傳燭飛烟五侯宅青青草迷路陌强載酒
細尋前跡市橋遠柳下人家猶自相識

閨情　康伯可

管絃繡陌燈火畫橋塵香舊時歸路腸斷蕭娘舊日風
簾映朱户鶯能舞花解語念後約頓成輕負緩雕鑾獨
自歸來凭欄情緒　楚岫在何處香夢悠悠花月更無
主惆悵後期空有鱗鴻寄紈素燈前淚牕外雨翠幙冷

夜涼虛度未應信此度相思寸腸千縷

尉遲盃

離別　周美成

隋堤路漸日晚密靄生烟深樹陰陰淡月籠沙還宿河橋深處無情畫舸都不管烟波隔南浦等行人醉擁重衾載將離恨歸去　因念舊客京華長偎傍疎林小檻歡聚冶葉倡條俱相識仍慣見珠歌翠舞如今向漁村水驛夜如歲焚香獨自語有何人念我無憀夢魂凝想

鴛侶

西河

金陵懷古　周美成

佳麗地南朝盛事誰記山圍故國遶清江髻鬟對起怒濤寂寞打孤城風檣遥度天際斷崖樹猶倒倚莫愁艇子曾繫空遺舊跡鬱蒼蒼霧沉半壘夜深月過女墻來傷心東畔淮水　酒旗戲鼓甚處市想依稀王謝鄰里燕子不知何世入尋常巷陌人家相對如說興亡斜陽

裏

漁隱叢話云王謝是二姓即王導謝安之族所居名烏衣巷有曰烏衣之聚不當作謝字或者乃引劉斧摭遺所載昔王謝航海遇風抵一州見烏衣國以女妻之後謝思婦西飛雲軒令謝入其中閉目少息至其家視之梁上雙燕呢喃後寄詩曰誤到華胥國裡來主人終日獨憐才雲軒漂去無消息洒淚春風幾百回女答曰昔日相逢冥數合今時睽遠是生離來年縱有相思字三月天南無燕飛此小說虛誕何可信也

春霽

春晴

胡浩然

遲日融和乍雨歇東郊嫩草凝碧紫燕雙飛海棠相襯妝點上林春色黯然望極困人天氣渾無力又聽得園苑數聲鶯囀柳陰直　當此暗想故國繁華儼然遊人依舊南陌院深沉梨花亂落那堪如練點衣白酒量頓寬洪量窄筭此情景除非殢酒狂歡恣歌沉醉有誰知得

秋霽

秋晴　陳後主

虹影侵堦乍雨歇長空萬里凝碧孤鶩高飛落霞相暎

遶狀水鄉秋色黯然望極動人無限愁如織又聽得雲外數聲新鴈正嘹嚦　當此暗想畫閣輕拋杳然殊無些箇消息漏聲稀銀屏冷落那堪殘月照窗白衣帶頓寬猶阻隔算此情苦除非宋玉風流共懷傷感有誰知得

檃括東坡前赤壁

壬戌之秋是蘇子與客泛舟赤壁舉酒屬客月明風細水光與天相接扣舷唱月桂棹蘭槳堪遊逸又有客能

吹洞簫和聲嗚咽　追想孟德困於周郎到今空有當時蹤跡算惟有清風朗月取之無禁用不竭客喜洗盞還再酌既已同醉相與枕藉舟中始知東方晃然既白

解連環

閨情　周美成

怨懷難託嗟情人斷絶信音遼邈信妙手能解連環似風散雨収霧輕雲薄燕子樓空暗塵鎖一牀絃索想移根換葉盡是舊時手種紅藥　汀洲漸生杜若料舟移

岸曲人在天角記得當日音書把閑語閑言盡總燒却
水驛春回望寄我江南梅萼拚今生對花對酒為伊淚
落

二郎神

春怨　　徐幹臣

悶來彈鵲又攪碎一簾花影謾試著春衫還思纖手熏
徹金虬燼冷動是愁端如何向更怪得新來多病嗟舊
日沈腰而今潘鬢怎堪臨鏡　重省别時淚漬羅襟猶

凝料為我厭厭日高慵起長託春酲未醒鴈足不來馬蹄難駐門掩一庭芳景空竚立盡日欄干遍倚晝長人静

苕溪漁隱云馬蹄猶駐駐字一作去字語意乃佳古今詩話問字深有意義鵲本喜聲為其無憑乃問而彈之

七夕　柳耆卿

炎光謝過暮雨芳塵輕灑乍露冷風清庭户爽天如水玉鉤遥掛應是星娥嗟久阻叙舊約飈輪欲駕極目處

微雲暗度耿耿銀河高瀉　閒雅須知此景古今無價
運巧思穿針樓上女擡粉面雲鬟相亞鈿合金釵私語
處算誰在回廊影下願天上人間占得歡娛年年今夜

望遠行

冬雪　柳耆卿

長空降瑞寒風剪淅淅瑤花初下亂飄僧舍密灑歌樓
迤邐漸迷鴛瓦好是漁人披得一簑歸去江山晚來堪
畫滿長安高却旗亭酒價　幽雅乘興最宜訪戴泛小

棹越溪瀟灑皓鶴奪鮮白鵰失素千里廣鋪寒野須信
幽蘭歌斷同雲收盡別有瑤臺瓊樹放一輪明月交光
清夜

望梅

小春　柳耆卿

小寒時節正同雲暮慘勁風朝冽信早梅偏占陽和向
日處凌晨數枝先發時有香來望明艷遥知非雪展礱
金嫩蘂弄粉素英旖旎清徹　仙姿更誰並列有幽光

照水疎影籠月且大家留倚欄干闘酥醑飛看錦牋吟閱桃李春花料比此芬芳俱別見和羹大用莫把翠條謾折

傾盃樂

上元　柳耆卿

禁漏花深繡工日永蕙風布暖變韶景都門十三元宵三五銀蟾光滿連雲複道凌飛觀聳皇居麗佳氣瑞烟葱蒨翠華宵幸是處層城閬苑　龍鳳燭交光星漢對

咫尺鰲山開雉扇會樂府兩籍神仙梨園四部絃管向曉色都人未散盈萬井山呼鰲抃願歲歲天仗裏常瞻鳳輦

望湘人

春思　　賀方回

厭鶯聲到枕花氣動簾醉魂愁夢相半被惜餘薰帶驚剩眼幾許傷春春晚淚竹痕鮮佩蘭香老湘天濃暖記小江風月佳時屢約非烟遊伴　須信鸞絃易斷奈雲

和再鼓曲終人遠認羅襪無蹤舊處弄波清淺青翰棹艤白蘋洲畔儘日臨皋飛觀不解寄一字相思幸有歸來雙燕

望海潮

春景　　秦少游

梅英疏淡氷澌溶洩東風暗換年華金谷俊游銅駝巷陌新晴細履平沙長記誤隨車正絮飜葉舞芳思交加柳下桃蹊亂分春色到人家　西園夜飲鳴笳有華燈

礙月飛蓋妨花蘭苑未空行人漸老重來是事堪嗟烟
暝酒旗斜但倚樓極目時見棲鴉無奈歸心暗隨流水
到天涯

錢塘　柳耆卿

東南形勝三吳都會錢塘自古繁華烟柳畫橋風簾翠
幙參差十萬人家雲樹繞堤沙怒濤卷霜雪天塹無涯市
列珠璣户盈羅綺競豪奢　重湖疊巘清佳有三秋桂
子十里荷花羌笛弄晴菱歌泛夜嬉嬉釣叟蓮娃千騎

擁高牙乘時聽簫鼓吟賞烟霞異日圖將好景鳳池誇

羅鶴林云此詞流播金主亮聞歌欣然有慕於三秋桂子十里荷花遂起投鞭渡江之志近時謝處厚詩云誰把杭州曲子謳荷花十里桂三秋那知卉木無情物牽動長江萬古愁余謂此詞雖牽動長江之愁然卒為金主送死之媒未足恨也至於荷艷桂香粧點吳山之清麗使士大夫流連於歌舞嬉遊之樂遂忘中原是則深可恨耳

贊賀

沈公述

山光如翠川容如畫名都自古幷州簫鼓沸天弓刀似水連營十萬貔貅金騎走長楸少年人一一錦帶吳鈎

路入榆關鴈飛汾水正宜秋　追思昔日風流有儒將醉吟才子狂遊松偃舊亭城高故國空餘舞榭歌樓方面倚賢侯便恐為霖雨歸去難留好向西溪恣攜絃管宴蘭舟

夜飛鵲

離別　周美成

河橋送人處涼夜何期斜月遠墮餘輝銅盤燭淚已流盡霏霏涼露霑衣相將散離會處探風前津鼓樹杪參

旗華騶會意縱揚鞭亦自行遲　迨遮路回清野人語
漸無聞空帶愁歸何意重紅滿地遺鈿不見斜徑都迷
兎葵燕麥向殘陽影與人齊但徘徊班草唏噓酹酒極
望天西

薄倖

春情　賀方回

淡妝多態更的的頻回眄睞便認得琴心先許與綰合
歡雙帶記畫堂風月逢迎輕顰淺笑嬌無奈向睡鴨爐

邉翔鴛屏裡羞把香羅偷解　自過了收燈後都不見
踏青挑菜幾回憑雙燕丁寧深意往來䌫恨重簾礙約
何時再正春濃酒煖人間日永無聊賴懨懨睡起猶有
花稍月在

大聖樂

初夏　康伯可

千朶奇峯半軒微雨曉來初過漸燕子引教雛飛菡萏
暗薰芳草池面涼多淺斟瓊卮浮緑蟻展湘簟雙紋生

細波輕颭舉動團圓素月仙桂婆娑　臨風對月恣樂便好把千金邀豔娥幸太平無事擊壤鼓腹攜酒高歌富貴安居功名天賦爭奈皆由時命何休眉鎖問朱顏去了還更來麼

風流子 一名內家嬌

初春　秦少游

東風吹碧草年華換行客老滄洲見梅吐舊英柳搖新綠惱人春色還上枝頭寸心亂北隨雲黯黯東逐水悠

悠斜日半山暝烟兩岸數聲橫笛一葉扁舟　青門同攜手前歡記渾似夢裏揚州誰念斷腸南陌回首西樓算天長地久有時有盡奈何綿綿此恨無休擬待倩人說與生怕伊愁

秋思　張文潛

亭皋木葉下重陽近又是擣衣秋奈愁入庾腸老侵潘鬢謾簪黃菊花也應羞楚天晚白蘋烟盡處紅蓼水邊頭芳草有情夕陽無語鴈橫南浦人倚西樓　玉容知

安否香箋共錦字兩處悠悠空恨碧雲離合青鳥沉浮向風前懊惱芳心一點寸眉兩葉禁甚閑愁情到不堪言處分付東流

秋怨　周美成

楓林凋晚葉關河迥楚客慘將歸望一川暝靄雁聲哀怨半規涼月人影參差酒醒後淚花銷鳳蠟風幕捲金泥砧杵韻高喚回殘夢綺羅香減牽起餘悲　亭臯分襟地難拚處偏是掩面牽衣何況愁懷長結重見無期

想寄恨書中銀鉤空滿斷腸聲裏玉筯還垂多少暗愁密意惟有天知

風情　周美成

新綠小池塘風簾動碎影舞斜陽羡金屋去來舊時巢燕烟花繚繞前度莓牆鳳閣繡幃深幾許聽得理絲簧欲說又休慮乖芳信未歌先咽愁近清觴　遥知新妝了開朱戶應自待月西廂最苦是夢魂今宵不到伊行問甚時說與佳音密耗寄將秦鏡偷與韓香便教人霎

時厮見何妨

霜葉飛

秋思 周美成

露迷衰草踈星掛涼蟾低下林表素娥青女鬭嬋娟正倍添凄悄漸颯颯丹楓撼曉横天雲浪魚鱗小見皓月相看又透入清輝半餉特地留照 迢遞望極關山波穿千里度日如歲難到鳳樓今夜聽西風奈五更愁抱想玉匣哀絃閉了無心重理相思調念故人牽離恨屏

掩孤顰淚流多少

女冠子

上元　　李漢老

帝城三五燈光花市盈路天街遊處此時方信鳳闕都民奢華豪富紗籠纔過處喝道轉身一辟小來且住見許多才子艷質攜手並肩低語　東來西往誰家女買玉梅爭戴緩步香風度北觀南顧見畫燭影裏神仙無數引人魂似醉不如趁早歸去步月這一雙情眼怎生

禁得許多胡覷

夏景　柳耆卿

淡烟飄薄鶯花謝清和院落樹陰翠密葉成幄麥秋霽景夏雲忽變奇峯倚寥廓波暖銀塘漲新萍綠魚躍想端憂多暇陳王是日嫩苔生閣　正鑠石天高流金晝永楚榭光風轉蕙披襟處波翻翠幕以文會友沉李浮瓜忽輕諸別館清閒避炎蒸豈須河朔但樽前隨分雅歌艷舞盡成懽樂

夏景　康伯可

火雲初布遲遲永日炎暑濃陰高樹黄鸝葉底羽毛學整方調嬌語薰風時漸動峻閣池塘芰荷爭吐畫梁紫燕對對銜泥飛來又去　想佳期容易成辜負共人人同上畫樓斟香醑恨花無主卧象牀犀枕成何情緒有時魂夢斷半窗殘月透簾穿戶去年今夜扇兒搧我情人何處

雪景　周美成

同雲密布撒梨花柳絮飛舞樓臺悄似玉向紅爐煖閣院宇深沉廣排筵會聽笙歌猶未徹漸覺輕寒透簾穿戶亂飄僧舍密洒歌樓酒帘如故　想樵人山徑迷蹤路料漁人收綸罷釣歸南浦路無伴侶見孤村寂寞招颭酒旗斜處南軒孤鴈過嚦嚦聲聲又無書度見臘梅枝上嫩蘂兩兩三三微吐

過秦樓

夏景　周美成

水浴清蟾葉喧涼吹巷陌馬聲初斷閒依露井笑撲流螢惹破畫羅輕扇人靜夜久凭欄愁不歸眠立殘更箭嘆年華一瞬人今千里夢沉書遠 空見說鬢怯瓊梳容銷金鏡漸懶趂時勻染梅風地溽虹雨苔滋一架舞紅都變誰信無憀為伊才減江淹情傷荀倩但明河影下還看稀星數點

惜餘春慢

春情 魯逸仲

弄月餘花團風輕 絮露濕池塘春草鶯鶯戀友燕燕將
雛惆悵睡殘清曉還似初相見時攜手旗亭酒香梅小
向登臨長是傷春滋味淚彈多少 因甚却輕許風流
終非長久又說分飛煩惱羅衣瘦損繡被香消那更亂
紅如掃門外無窮路岐天若有情和天須老念高唐歸
夢淒涼何處水流雲遶

丹鳳吟

春恨　周美成

迤邐春光無賴翠藻飜池黃蜂遊閣朝來風暴飛絮亂
投簾幕生憎暮景倚墻臨岸杏靨夭邪榆錢輕薄晝永
思惟傍枕睡起無憀殘照猶在庭角 況是别離氣味
坐來便覺心緒惡痛引澆愁酒奈愁濃如酒無計銷鑠
那堪昏暝簌簌半簷花落弄粉調朱柔素手問何時重
握此時此意長怕人道著

沁園春

退閒 辛幼安

三逕初成鶴怨猿驚稼軒未來甚雲山自許平生意氣衣冠人笑抵死塵埃意倦須還身閒要早豈為蓴羹鱸鱠哉秋江上看驚弦鴈避駭浪船回　東岡更葺茅齋好都把軒窗臨水開要小舟行釣先應種柳疎籬護竹莫礙觀梅秋菊堪飡春蘭可珮留待先生手自栽沉吟久怕君恩未許此意徘徊

摸魚兒

春晚　辛幼安

更能消幾番風雨匆匆春又歸去惜春長怕花開早何況落紅無數春且住見說道天涯芳草迷歸路怨春不語算只有殷勤畫簷蛛網盡日惹飛絮 長門事準擬佳期又誤蛾眉曾有人妬千金縱買相如賦脉脉此情誰訴君莫舞君不見玉環飛燕皆塵土閒愁最苦休去倚危欄斜陽正在烟柳斷腸處

鶴林玉露云詞意殊怨斜陽烟柳之句其與未須愁日暮天際乍輕陰者異矣使在漢唐時寧不賈種豆種桃之禍哉愚聞壽王見此詞頗不悅然終不加罪可謂至德也已又題江西造口

詞鬱孤臺下清江水中間多少行人淚西北是長安可憐無數山青山遮不住畢竟東流去江晚正愁予山深聞鷓鴣蓋南渡之初金人追隆祐太后御舟至造口不及而還幼安因此起興聞鷓鴣之句謂恢復行不得也

退居　晁無咎

買陂塘旋栽楊柳依稀淮岸湘浦東臯雨過新痕漲沙嘴鷺來鷗聚堪愛處最好是一川夜光流注無人獨自舞任翠幄張天柔茵藉地酒盡未能去　青綾被休憶金閨故步儒冠曾把身誤弓刀千騎成何事荒了邵平

瓜圃君試覷滿青鏡星星鬢影今如許功名浪語便似得班超封侯萬里歸計恐遲暮

花庵詞客云晁無咎摸魚兒真能道急流勇退之意真西山極愛賞之

賀新郎

春情　李玉

篆縷銷金鼎醉沉沉庭陰轉午畫堂人靜芳草王孫知何處惟有楊花糝徑漸玉枕騰騰春醒簾外殘紅春已透鎮無聊殢酒厭厭病雲鬢亂未忺整江南舊事休

重省遍天涯尋消問息斷鴻難倩月滿西樓憑欄久依舊歸期未定又只恐餅沉金井嘶騎不來銀燭暗枉教人立盡梧桐影誰伴我對鸞鏡

玉林詞話云李君之詞不多見之然風流蘊藉盡於賀新郎一詞矣

初夏　葉夢得

睡起流鶯語掩蒼苔房櫳向曉亂紅無數吹盡殘花無人問惟有垂楊自舞漸暖靄初回清暑寶扇重尋明月影暗塵侵尚有乘鸞女驚舊恨鎮如許　江南夢斷衡

皐渚浪粘天葡萄漲綠半空烟雨無限樓前滄波意誰採蘋花寄取但悵望蘭舟容與萬里雲帆何時送到孤鴻目斷千山阻誰為我唱金縷

夏景　蘇東坡

乳燕飛華屋悄無人槐陰轉午晚涼新浴手弄生綃白團扇扇手一時似玉漸困倚孤眠清熟簾外誰來推繡戶枉教人夢斷瑤臺曲又却是風敲竹　石榴半吐紅巾蹙待浮花浪蘂都盡伴君幽獨穠艷一枝細看取芳

心千重似東又恐被秋風驚綠若待得君來向此花前
對酒不忍觸共粉淚兩簌簌

古今詞話云蘇子瞻守錢塘有官妓秀蘭天性黠慧善於應對湖中有宴會羣妓畢至惟秀蘭不來遣人督之須臾方至子瞻問其故具以髮結沐浴不覺困睡忽有人叩門聲急起而問之乃樂營將催督也非敢怠忽謹以實告子瞻亦恕之坐中倅惠屬意於蘭見其晚來恚恨未已責之曰必有他事以此晚至秀蘭力辯不能止倅之怒是時榴花盛開秀蘭以一枝藉手告倅其怒愈甚秀蘭收淚無言子瞻作賀新涼以解之其怒始息子瞻之作皆紀目前事蓋取其沐浴新涼曲名賀新涼也後人不知之誤為賀新郎蓋不得子瞻之意也子瞻真所謂風流太守

也豈可與俗吏同日語哉

苕溪漁隱云野哉楊湜之言真可入笑林東坡此詞冠絶古今託意高遠寧爲一娼而發簾外誰來推繡戶枉教人夢斷瑤臺曲又却是風敲竹用古詩捲簾風動竹疑是故人來之意今乃云忽有人叩門聲急起而問之乃樂營將催督此可笑者一也石榴半吐紅巾蹙待浮花浪蘂都盡伴君幽獨穠艷一枝細看芳心千重似束蓋初夏之時千花事退惟榴花獨艷因以寓深閨之情今乃云榴花盛開秀蘭以一枝藉手告倅此可笑者二也此詞腔調是賀新郎乃古曲名也今乃云取其沐浴新涼曲名賀新涼後人不知之誤爲賀新郎此可笑者三也詞話中可笑者甚衆姑舉其尤者弟東坡此詞深爲不幸横遭點汚吾不可無一言以雪其耻

夏景　　趙文鼎

晝永重簾捲乍池塘一番過雨芰荷初展竹引新梢半含粉綠蔭扶疎滿院過花絮蜂稀蝶懶窻戶沉沉人不到伴清幽時有流鶯囀凝思久意何限　玉釵墜枕風鬟顫湛虛堂壺氷瑩徹簟波零亂自是仙姿清無暑月影空垂素扇破午睡香銷餘篆一枕湖山千里夢正白蘋烟棹歸來晚雲弄碧楚天遠

端午　　劉方叔

翠葆搖新竹正榴花枝頭葉底鬬紅爭緑誰在紗窻停針線閒理竹西舊曲又還是蘭湯新浴手弄合歡雙綵索笑偎人福壽低相祝金鳳彈艾花矗 龍舟噀水飛相逐記當年懷沙舊恨至今遺俗雨過平蕪浮天闊盡鷁凌波畫簇沸十里笙歌聲續好是蟾鈎隨歸棹任歡呼船重成頹玉猶未忍罩銀燭

端午 劉潛夫

深院柳花吐晝簾開綵衣紈扇午風清暑兒女紛紛新

結束時樣釵符艾虎早已有游人觀渡老大逢場慵作戲任白頭年少争旗鼓溪雨急浪花舞　靈均標致高如許憶生平既紉蘭佩又懷椒醑誰信騷魂千載後波底垂涎角黍又説是蛟饞龍怒把似而今醒到了料當年醉死差無苦聊一笑弔千古

端午　劉潛夫

思遠樓前路望平堤十里湖光畫船無數緑蓋盈盈紅粉面葉底荷花解語鬬巧結同心雙縷尚有經年離別

恨一絲絲總是相思處相見也又重午　清江舊事傳荊楚嘆人情千載如新尚沉菰黍且盡樽前今日醉誰肯獨醒弔古泛幾盞菖蒲綠醑兩兩龍舟爭競渡奈朱簾暮捲西山雨看未足怎歸去

七夕　　宋謙父

靈鵲橋初就記迢迢重湖風浪去年時候歲月不留人易老萬事茫茫宇宙但對西風搔首問巧拙豈關今夕事奈癡兒騃女流傳謬添話柄柳州柳　道人識破厌

心久只好風涼月佳時踈狂如舊休笑雙星經歲別人
到中年已後雲雨夢可曾常有雪藕調氷花熏茗正梧
桐雨過新涼透且隨分一盃酒

隱括東坡後赤壁

步自雪堂去望臨皋將歸二客從予遵路木葉蕭蕭霜
降仰見天高月吐共對影行歌頻顧月白風清如此夜
嘆無肴有酒成虛度閒薄暮網罾舉　歸而斗酒謀諸
婦便攜鱗載酒相從舊追遊處斷岸橫江尋赤壁不復

江山如故但放舟中流客與客去冥然方就睡夢蹁躚羽衣揖余語相顧笑遂驚悟

遊湖　　劉改之

睡覺啼鶯曉醉西湖兩峯日日買花簪帽去盡酒徒無人問惟有玉山自倒任拍手兒童爭笑一騎乘風翻然去避魚龍不見波聲悄歌韻遠喚蘇小　神仙路近蓬萊島紫雲深參差禁樹有烟花遶人世紅塵西障日百計不如歸好付樂事與他年少費盡柳金黎雪句問沉

香亭北何時名心未愜鬢先老

吉席　辛幼安

瑞氣籠清曉捲珠簾次第笙歌一時齊奏無限神仙離蓬島鳳駕鸞車初到見擁箇仙娥窈窕玉佩玎璫風縹緲望嬌姿一似垂楊裊天上有世間少　劉郎正是當年少更那堪天教付與最多才貌玉樹瓊枝相映耀誰與安排忒好有多少風流歡笑直待來春成名了馬如龍綠綬欺芳草同富貴又偕老

金明池

春遊　　秦少游

瓊苑金池青門紫陌似雪楊花滿路雲日淡天低晝永
過三點兩點細雨好花枝半出牆頭似悵望芳草王孫
何處更水遠人家橋當門戶燕燕鶯鶯飛舞　怎得東
君長為主把緑鬢朱顏一時留住佳人唱金衣莫惜才
子倒玉山休訴況春來倍覺傷心念故國情多新年愁
苦縱寶馬嘶風紅塵拂面也則尋芳歸去

白苧

冬景　柳耆卿

繡簾垂畫堂悄寒風淅瀝遥天萬里黯淡同雲冪冪漸紛紛六花零亂散空碧姑射宴瑶池把碎玉零珠拋擲林巒望中高下瓊瑶一色嚴子陵釣臺歸路迷蹤跡追惜燕然畫角寶籥珊瑚是時丞相虛作銀城換得當此際偏宜訪袁安宅醺醺醉了任他敘舞困玉壺頻側又是東君暗遣花神先報南國昨夜江梅漏泄春消息

十二時

秋夜　　柳耆卿

晚晴初淡烟籠月風透蟾光如洗覺翠帳涼生秋思漸入微寒天氣敗葉敲窗西風滿院睡不成還起更漏咽滴破憂心萬感並生都在離人愁耳　天怎知當時一句做得十分縈繫夜永有時分明枕上覷著孜孜地燭暗時酒醒元來又是夢裡　睡覺來披衣獨坐萬種無憀情緒怎得伊來重諧雲雨再整餘香被祝告天發願

從今永無抛棄

蘭陵王

春恨　張仲宗

捲珠箔朝雨輕陰乍閣欄干外烟柳弄晴芳草侵堦映紅藥東風如許惡吹落梢頭嫩蕚屏山掩沉水倦薰中酒心情怕盃勺　尋思舊京洛正年少疎狂歌笑迷著障泥油壁催梳掠曾馳道同載上林攜手燈夜初過早共約又爭信飄泊　寂寞念行樂任粉淡衣襟音斷絃

索瓊枝擘月春如昨悵別後華表那回雙鶴相思前事
除夢魂裏暫忘却

詠柳

周美成

柳陰直烟裏絲絲弄碧隋堤上曾見幾番拂水飄綿送
行色登臨望故國誰惜京華倦客長亭路年去歲來應
折柔條過千尺　閒尋舊蹤跡又酒趁哀弦燈照離席
梨花榆火催寒食愁一箭風快半篙波暖回頭迢遞便
數驛望人在天北　悽惻恨堆積漸別浦縈回津堠岑

寂斜陽冉冉春無極念月榭攜手露橋吹笛沉思前事
似夢裡淚暗滴

瑞龍吟

春景

周美成

章臺路還是褪粉梅梢試花桃樹愔愔坊陌人家定巢
燕子歸來舊處　黯凝竚因念箇人癡小乍窺門户侵
晨淺約宮黃障風映袖盈盈笑語　前度劉郎重到訪鄰
尋里同時歌舞惟有舊家秋娘聲價如故吟牋賦筆猶

記燕臺句知誰伴名園露飲東城閒步事與孤鴻去探春盡是傷離緒官柳低金縷歸騎晚纖纖池塘飛雨斷腸院落一簾風絮

花庵詞客云按美成此詞自章臺路至歸來舊處是第一段自黯凝竚至盈盈笑語是第二段此謂之雙拽頭屬正平調自前度劉郎以下即犯大石係第三段至歸騎晚以下四句再歸正平今諸本皆於吟牋賦筆處分段者非也

大酺

春雨　周美成

對宿烟收春禽靜飛雨時鳴高屋墻頭青玉旆洗鉛霜都盡嫩梢相觸潤逼琴絲寒侵枕障蟲網吹粘簾竹郵亭無人處聽簷聲不斷困眠初熟奈愁極頓驚夢輕難記自憐幽獨　行人歸意速最先念流潦妨車轂怎奈向蘭成憔悴衛玠清羸等閒時易傷心目未怪平陽客雙淚落笛中哀曲況蕭索青蕪國紅糝鋪地門外荆桃如菽夜遊共誰秉燭

浪淘沙慢

春别　　周美成

晝陰重霜凋岸草霧隱城堞南陌脂車待發東門帳飲乍闋正拂面垂楊堪纜結掩紅淚玉手親折念漢浦離鴻去何許經時信音絶　情切望中地遠天闊向露冷風清無人處耿耿寒漏咽嗟萬事難忘惟是輕别翠罇未竭憑斷雲留取西樓殘月羅帶光銷紋衾疊連環解舊香頓歇怨歌永瓊壺敲盡缺恨春去不與人期弄夜色空餘滿地梨花雪

玉女搖仙佩

佳人　柳耆卿

飛瓊伴侶偶列珠宮未返神仙行綴取次梳妝尋常言語有得幾多姝麗擬把名花比恐傍人笑我談何容易細思算奇葩艷卉惟是深紅淺白而已爭如這多情占得人間千嬌百媚　須信畫堂繡閣皓月清風忍把光陰輕棄自古及今佳人才子少得當年雙美且恁相偎倚未消得憐我多才多藝願嫋嫋蘭心蕙性枕前言下表

余深意為盟誓今生斷不辜鴛被

多麗

春景　聶冠卿

想人生美景良辰堪惜向其間賞心樂事古來難是并得況東風鳳臺沁苑泛晴波淺照金碧露洗華桐烟霏絲柳綠陰摇曳蕩春一色畫堂迥玉簪瓊佩高會盡詞客清歡久重燃絳蠟别就瑶席　有翩若驚鴻體態暮為行雨標格逞朱唇緩歌妖麗似聽流鶯亂花隔幔舞

縈回嬌嚲低嚲腰肢纖細困無力忍分散彩雲歸後何處更尋覓休辭醉明月好花莫謾輕擲

花庵詞客云冠康詞不多見如此篇者亦可謂才情富艷矣其露洗華桐四句又所謂玉中之拱璧珠中之夜光每一覯之撫玩無斁

六醜

落花　周美成

正單衣試酒悵客裏光陰虛擲願春暫留春歸如過翼一去無跡爲問家何在夜來風雨送楚宮傾國釵鈿墮

處遺香澤亂點桃溪輕飜柳陌多情更誰追惜但蜂媒蝶使時叩窻槅　東園岑寂漸蒙籠暗碧靜遶珍叢底成歎息長條故惹行客似牽衣待話別情無極殘英小强簪巾幘終不似一朶釵頭顫裊向人欹側漂流處莫趁潮汐恐斷鴻尚有相思字何由見得

寶鼎現

上元　康伯可

夕陽西下暮靄紅隘香風羅綺乘麗景華燈爭放濃焰

燒空連錦砌靚皓月浸嚴城如畫花影寒籠絳蘂漸掩映芙蕖萬頃迤邐齊開秋水 太守無限行歌意擁麾幢光動珠翠傾萬井歌臺舞榭瞻望朱輪駢鼓吹控寶馬耀貔貅千騎銀燭交光數里似亂簇寒星萬點擁入蓬壺影裏 宴閣多才環艷粉瑤簪珠履恐看看丹詔催奉宸遊燕侍便趣早占通宵醉緩引笙歌妓任畫角吹老梅花月滿西樓十二

三臺

清明　　万俟雅言

見梨花初帶夜月海棠半含朝雨内苑春不禁過青門御溝漲潛通南浦東風静細柳垂金縷望鳳闕非烟非霧好時代朝野多懽徧九陌太平簫鼓乍鶯兒百囀斷續燕子飛來飛去近緑水臺榭映鞦韆鬭草聚雙雙遊女　餳香更酒冷踏青路曾暗識夭桃朱户向晚驟寳馬雕鞍醉襟惹亂花飛絮正輕寒輕暖漏永半陰半晴雲暮禁火天已是試新妝歲華到三分佳處清明看漢

宮傳蠟炬散翠煙飛入槐府歛兵衛閶闔門開住傳宣又還休務

哨遍

歸去來辭　蘇東坡

為米折腰因酒棄家口體交相累歸去來誰不遣君歸覺從前皆非今是露未晞征夫指予歸路門前笑語喧童稚嗟舊菊都荒新松暗老吾年今已如此但小牕容膝閉柴扉策杖看孤雲暮鴻飛雲出無心鳥倦知還本

非有意　噫歸去來兮我今忘我兼忘世親戚無浪語琴書中有真味步翠麓崎嶇泛溪窈窕涓涓暗谷流春水觀草木欣榮幽人自感吾生行且休矣念寓形宇內復幾時不自覺皇皇欲何之委吾心去留誰計神仙知在何處富貴非吾願但知臨水登山嘯詠自引壺觴自醉此生天命更何疑且乘流遇坎還止

戚氏

秋夜　柳耆卿

晚秋天一霎微雨灑庭軒檻菊蕭疎井桐零亂惹殘烟凄然望江關飛雲黯淡夕陽間當時宋玉悲感向此臨水與登山遠道迢遞行人凄楚聽隴水潺湲正蟬鳴敗葉蛩響衰草相應聲喧 孤館度日如年風露漸變悄悄至更闌長天淨絳河清殘皓月嬋娟思綿綿夜永對景那堪屈指暗想從前未名未祿綺陌紅樓往往經歲遷延 帝里風光好當年少日暮宴朝歡況有狂朋怪侶遇當歌對酒競留連別來迅景如梭舊遊似夢烟

水程何限念利名憔悴長縈絆追往事空慘愁顔漏箭移稍覺輕寒聽嗚咽畫角數聲殘對閒牕畔停針向曉抱影無眠

草堂詩餘卷四

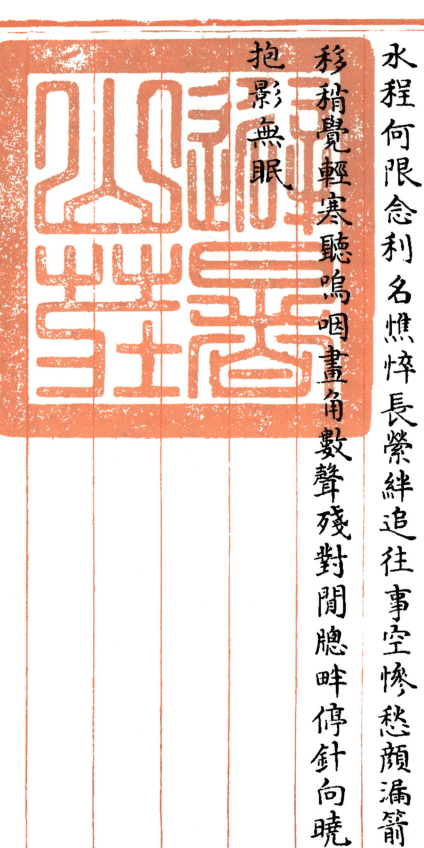

總校官進士臣程嘉謨
校對官庶吉士臣馮集梧
謄錄監生臣王鳴岡

圖書在版編目（CIP）數據

草堂詩餘 / 佚名編. —北京：中國書店，2018.2
ISBN 978-7-5149-1913-4

Ⅰ. ①草… Ⅱ. ①佚… Ⅲ. ①唐宋詞－選集②五代詞－選集 Ⅳ. ①I222.84

中國版本圖書館CIP數據核字(2017)第320418號

四庫全書·詞曲類

草堂詩餘

作者 佚名 編
出版發行 中國書店
地址 北京市西城區琉璃廠東街一一五號
郵編 一〇〇〇五〇
印刷 山東汶上新華印刷有限公司
開本 730毫米×1130毫米 1/16
印張 21.125
版次 二〇一八年二月第一版第一次印刷
書號 ISBN 978-7-5149-1913-4
定價 七〇 元